駅恋

EKI KOI

Tinker Bell

―終わらない、好き。―

くらゆいあゆ

THE CHARACTERS 人物紹介

HANANO TABUSE
田伏華乃

青葉西高校3年生。
雑誌モデル&ダンスユニット・
ティンカーベルトラップの
2期生だが、
現在は活動停止状態。
タレントコースのある高校から、
青葉西高校へ転校した。

SYOTA KOMAGATA
駒形翔汰

青葉西高校3年生。
強豪で知られる
サッカー部のエースで
キャプテンだったが、
ある理由で無期限休部中。
転校初日の華乃と、
通学途中に出会う。

SHUN MIURA
三浦 瞬

サッカー部で、U18日本代表にも選ばれる実力者。
華乃の昔からの友達が、
瞬の彼女・夏林と仲がいい。

AYATO SAKU
佐久絢斗

サッカー部の有名選手の一人で、翔汰の
チームメイト。華乃と翔汰が
「最悪の出会い」をしたときに、居合わせた。

MOMOKA SHIBUSAWA
渋沢桃花

華乃と翔汰のクラスメイト。
雑誌のモデルをしている。三浦瞬の元彼女。

CONTENTS 目次

モデル:堀井新太、下村実生　撮影:堀内亮(Cabraw)　スタイリスト:山田祐子
ヘアメイク:須賀元子(堀井さん分)、酒井真弓(下村さん分)
衣装協力:アリシア(ページボーイ)、GU
撮影協力:STUDIO EASE　Three House

◇◇◇明るい衝撃◇◇◇

「教室の天使」の準主役に大抜擢《ばってき》だった田伏華《たぶせはな》（17）は同ドラマ撮影完了後、契約済みだったいくつかの仕事を終わらせると、テレビ、雑誌の表舞台から退いている。
受験のためか、その他の理由によるものなのか、復帰はいつなのか、事務所側からのコメントがいっさい無く“これから”というこの時の事実上の活動休止に周囲は困惑を隠せない。また、田伏華は出身県の私立潮東《ちょうとう》高校からタレントコースを設けている東京の私立H高校に編入したが、そこも自主退学しており、現在はどこの高校に在籍しているのかは不明。
田伏華プロフィール
エスプラス所属　シックスティーン専属モデル、ティンカーベルトラップの二期メンバーでもあり——。

「まったくうるさいなぁー」
あたしは弟の拓海《たくみ》が買ってきたゴシップ雑誌を閉じて、自分の部屋のゴミ箱に放り込んだ。
「華乃《はなの》ぉー。ご飯食べちゃいなさーい。今度の青葉西《あおばにし》高って前いた潮東より遠いんでしょ？」

ママが下の階からあたしを呼んでる。
「はぁーい」
スクバを机の横から取って廊下に出る。
そこにある洗面台の鏡でもう一度自分の姿を確認する。
長い前髪と少しの横の毛を左右のこめかみまでねじりながらひっぱって結び、浮かないように上からピンで留める。
結んだ髪は、ふわふわと微妙なパーマをかけた長い髪と一緒に後ろに流してる。
おでこ丸出しの、盛り加減かなり控えめのハーフツインテールは、潮東にいた頃の髪型で、芸能活動中、あたしは違うヘアスタイルをしてた。
上手くいけばティンカーベルトラップの田伏華だと知られないですむかな、と思う。
ちょっと髪の毛と制服を直し、スクバを肩にかけるとあたしは、階段を降りはじめた。
高校三年になってまたこんな真新しい制服を着るとは思わなかったよ。
潮東、H高校、青葉西、もう三回も高校を変わってて、そのたび新しい制服に十万近いお金を払ってる親に悪いなぁ、とつくづく思います。
あたしだって萌南《もなみ》や真由《まゆ》がいる潮東に戻りたかったけど、もうあの忙しかった芸能活動中にすっかり落ちた学力じゃ、普通クラスならともかく特進コースへの再編入は無理だった。
萌南や真由とクラスが別なら潮東にする意味はなく、それどころかもといたところは憶測がきっと新しい場所よりさらに激しくて、面倒そうだなぁ、と思ったんだ。
でも今度の青葉西、まぁまぁ可愛い制服かな。
初めての公立高校で、あたしが前いた潮東よりもっと自由みたいで制服おしゃれもやりたい放題らしい。
へへへ、楽しみだな。

「パパママおはよー。あたしのこっち？」
卵と牛乳を混ぜて焼き上げたふわふわオムレツから上がる湯気が、キリっとした空気と交じり合い、朝の食卓の匂いを作ってる。
ううーんやっぱりいいな、自宅って。
上で洗顔からヘアアレンジから全部してきちゃってるから、下のダイニングでは、ママの作ったあったかい朝食を食べるだけ、というお手軽さがどれだけありがたいかは離れてみなくちゃわからなかったな。
「そう。華乃サラダ多く、って言ってたでしょ？」
二つ並んだ片一方はサラダが多くてトーストはない。
弟の拓海はあたしが前いた潮東高校に通ってて、あたしよりかなり遅くに家を出るからまだ上にいる。
ヘタしたら寝てる。
「んー、あたしも拓海と同じでいいや。あ、パンは一枚でいいけど」
あたしの正面に座るパパにコーヒーを注いでたその手を止めて、ママがあたしをじっと見た。
「なに？」
「ううん。華乃、前は自分のことハナノ、って名前で呼んでたでしょ？　それやめるとずいぶん感じが変わるもんだな、と思ってたのよ。語尾延ばしもけっこう減ってきたみたい」
「事務所から言われて直すようにしてたらいつの間にか直ってたみたいだよね。もうあたしも高三だしね」
プライベートであっても自分を名前で呼んだり、語尾を延ばす甘ったるい喋《しゃべ》り方はやめろと言われ、こっちも減ったとは思うけどたぶんまだまだやってしまっているかもな。
……まぁ、もう関係ないか。

◇

「行ってきまーす」
梅雨《つゆ》が明けたら夏休み。休み明けからの転校でもいいかな、と思ったけどやっぱりそれはさすがに出席日数に響くらしい。
ただでさえ体調不良でかなり休んでしまった。
向こうを退学してから編入の期間があんまり開くのはよろしくないということだね。
それに、みんな残り少ない高校生活楽しんでるのに、もったいないな、と思ってさっさとＪＫ復活することにしたんだ。
もう三年新学期は始まって結構たってしまってるけど、この高校はクラス替えはあったみたいだ。
青葉西高校はそこそこにぎやかな駅前から、すぐ広い河川敷のある大きな川っていうのどかな風景に入り、そこを越すともう高校。
この路線のこの付近にある高校は青葉西だけみたいで、あたしと同じ制服を着た女の子、対になる制服の男の子が電車内にたくさんいた。
ここでも萌南や真由みたいに仲いいコができるといいな。
こんなめちゃくちゃ中途半端な時期の転校生がどう思われるのかわからないけど。
それでも残りの高校生活が少しでも楽しければいいなと、期待だけはしちゃうかな。
「すごいなー」
あたしの目の前で腕組みして座ってる同じ学校の制服を着た男子の寝入りっぷりは、見てるこっちがあっぱれ！　と手を叩《たた》きたくなるほど素晴らしかった。
たぶんすごく深くおやすみなんだと思うけど、まっすぐ背筋を伸ばした姿勢で腕組みし、垂れてる首だけがたまにぐらんと揺れる。
あれは相当に体幹がしっかりしてるな。
警戒を解かないチーターのようだ。
それにしても、思わず魅入ってしまうくらいのオーラを持ってる男だな。
高校生にしては大人っぽくて引きつけられる色気があるのかもな。
長くも短くもなく、染めてもいない、なんにもしてないのに洗練されて見えちゃうような髪型。
日焼けなのか地黒なのか、判別のつかない肌の色。
しっかりした骨格とか、たぶん立てば百八十ちょいくらいはありそうな体躯のせいもあってか、端整な顔立ちのわりに受ける印象が野生的。
でもくどいっていうわけじゃなくて……なんていうのか、売れっ子漫画家のラフ画のような？
耳に突っ込んだイヤフォンと繋《つな》がる携帯画面を操作するより、正面に座るオトコを観察するほうが面白かったりする。
起きたらもしかして案外愛嬌《あいきょう》があったりしてー、とか思ってたら、青葉西高のある駅のアナウンスが流れ、その男は億劫そうに首をもたげ、それからゆっくり、うっすらと目を開いた。
あれ、ホントに寝てる時よりいくらか可愛げが生まれたよ。
男の子のくせにあんなに黒目が大きいよ。
なぜかその子はあたしにまっすぐ焦点を絞ると、切れ長の二重を限界？　ってくらい見開いた。
あたしと視線が不自然なほど絡まりあった。
もうヘビに睨《にら》まれたカエル状態。
なんだろこいつ、もしかしてティンカーベルトラップのファンとか？
ティントラの田伏華だって、学校行く前にもうすでにバレた？
まさかね。
ティントラは三十人以上いるダンスユニットで、入ったばっかりのあたしはまだ数回しかテレビに映ってない。
あたしを見たことがあるとすればドラマの準主役を一度やったときだな。
でも、あれもそれほど視聴率上がらなかったんだけどな。

絡まったままどうにも視線を外せなくて、あたしは仕方なく、かなりこわばってたとは思うけど、芸能活動で身につけた営業用スマイルを曖昧《あいまい》に浮かべた。

ゆっくり停車した電車から、かなりの人数の青葉西高生がホームに流れ出た。
あたしも行かなくちゃならない、と脳は認識してるものの、なにしろ目の前の男の視線によってあたしの身体は凍結されてるわけだ。
「えと」
意味無くつぶやいて、それでもどうにか腰を上げ、あたしを凝視する男の前をぎくしゃく素通りして電車のドアに向かった。
男もようやく立ち上がった模様。

「……おっ……」

ホームに降りると、ため息ともなんとも形容しがたい、でもたぶん人間の発する音的なものが後方から聞こえた。
あたしは不審に思って振り向く。
「えっ!!」
あたしはとっさに後ずさった。
なんとさっき正面に座ってた青葉西高校の男が、両腕を大きく開いて、「あ」にてんてん、とか、「い」にてんてんとか、「え」にてんてんとか、日本語表記にはない濁音《だくおん》を発してあたしに迫ってくる。

「えっ、えっ、えっ!!　なんですかー？」
数歩後ずさってはみたものの、動転してるあたしの動きは緩慢だったはずだ。
恐怖と意味不明のせいで、実際はそこまででもないだろう男の影が、大きくあたしに降り注ぎ、……そのままその実体の腕の中にすっぽり取り込まれていった。
なにが起こってる？　いったい何が？　そう混乱してたのはたぶん数秒。
「ふざけんな痴漢《ちかん》ヤロー」
抱きしめられてるから顔面パンチは無理で、顎《あご》にアッパーをかますのがやっとだった。
かなり無理がある体勢から繰り出された拳《こぶし》のはずだけど、男は顎を押さえてよろけた。
そこでやっと今目が覚めました、みたいな現実感のある顔つきになった。
「あ？　えっ⁉　俺、ごめ——」
「ごめんですんだらエキインはいらないんだよっ。この人痴漢ですー。見てましたよね。現行犯ですよね」
あたしはすぐ近くにいた濃紺の制服を着た駅員さんの腕を引っ張って来て、痴漢男を大げさな動作でびしっと指さした。
「君、ちょっと事務室まで来なさい。あ、あなたも一緒に来てね」
「ふざけんなよ学校遅れんじゃねーか。痴漢なんかするかよっ」
痴漢男は腕をがっしり押さえる駅員さんを振り払った。

やっぱり身長は百八十ちょっとはありそうで、小柄な駅員さん一人じゃもしかしたら逃げられちゃうかも、と心配になる。
「いきなり抱きつくのは痴漢じゃないのか!!」
これだけの人の前で目立てば静かになるだろ、とあたしは駅員さんに加勢した。
痴漢なんて女の敵なんだからー。
意外というか、なんというか、痴漢男はあたしの一言で動きを止め、駅員さんに素直に腕を預けた。
「ケケケ。翔汰《しょうた》超やべぇ。痴漢だってよー」
いかにもチャラそうに青葉西の制服を着崩した男子が、笑ってあたし達の側を通り抜けようとした。
「笑い事かよバカ！　絢斗《あやと》これどうにかしろよ。俺がそんなことする人間じゃねーって証言してくれー」
「けっ。サボリ魔め。チンがホンポーのせいだろ、仕方ねぇ」
「えっ!!」
チ◯が奔放《ほんぽう》？　やっぱり頻繁《ひんぱん》に痴漢するような人、もしくはそれ以上のことまで奔放にするような人なんだね。
怖っ。
頭にきてグーで殴《なぐ》っちゃったけど、それを知ってたら、足がすくんでたかもしれない。
あたしがたぶん青ざめていきなり立ち止まったのを、ちらっと横目で見ると、その痴漢男は舌打ちしてからあきれたようなため息をついた。
「因果応報だろ。イ・ン・ガ・オーホー！　この状況で誤解を生むような発言をするな!!　バカに救いを求めた俺がバカだった」
「いいから君、きなさい」
「くそーおぼえてろよ絢斗」
それから痴漢男はおとなしく駅員さんに連行されるままになってた。
今頃になってちょっとビビッてきたあたしもあとからおそるおそるついて歩く。

◇

「だから誤解なんですってば。俺この駅つく直前までぐーぐー寝てて、頭がぜんっぜん働いてなかったんすよ。寝ぼけて目の前の女に抱きついちゃっただけなんですって」
駅員さん達がせわしなく立ち働いてる事務室の一角、パーテーションで仕切られた向こう側には古ぼけたソファとテーブルが一組置いてあった。
発車の合図や朝の駅特有の喧騒《けんそう》が、ここでもかすかに感じ取れた。
そんなせまいスペースの中、ソファにあたしと駅員さんが並んで座り、壁のすぐ前、木製のテーブルを挟んだ正面で、痴漢男がえらそうに腕組みし、さらに足組みまでしてる。
「言い訳はいいからここで待っていなさい。今、近所の連携してる警察官が来るから。すぐだから」
「マジかよー」
駅員さんの言葉にさすがに痴漢男は腕組みを解き、片手で髪の毛を後頭部からひっかきまわした。
「そこで俺何されるわけよー」
「それは警察の方にお任せしている。でも痴漢なんかしたらすぐ連絡はいくんだよ」
「だから違うんだってばよ。俺は寝ぼけてただけで……」
「その言い訳は警察行ってからしなさい！」
「マジかよーめんどくせえ」
「反省は全くないのか君は」
そこでちらりと痴漢男はあたしのほうに顔を向けた。
荒い言葉とは裏腹に、その表情には意外なほど怒りの色が少なくて、……っていうかなくて、ただただ困惑だけが浮かんでた。
あたしから視線を外すと痴漢男は駅員さんのほうを向いた。
「一応反省はしてる。ねえねえおじさん、あのテレビで見るみたいな調書とかねぇの？　ちゃっちゃとやっちゃいたいんだけど」
「それもすべて警察の方にお任せしている。全ては警察の方が来てからだ」
そう聞くと痴漢男はスクバからノートとペンを出してきた。
「もう自分で書いちゃおっかなー。名前とかさ。来てから書かされるの時間食うじゃん？　今日二時間目テストなんだよ。赤点取ると補講がウザくてよー。あんま時間食いたくねぇんだけど」
「書式があるだろうと思う。キミは反省してるのかそうでないのか全くわからない男だな」
「でも警察来る前に書いといたほうが、なんかこう反省っぽいんじゃね？」
反省っぽいってなんだよー。
反省！　じゃないのかい。
痴漢男はほんとにノートをちぎった紙にシャーペンを走らせようとした。
向こうから言われてないんだからわざわざ自分から書くことないんじゃないの？
警察の人に会うのも大前提なんだね。
こんなの学校でも家でも大問題だ。
最悪、将来にだって響くかもしれない。
自分で騒ぎ立てて連行させたくせに、痴漢男がこうまで素直だと、何か罪悪感みたいなものが湧いてくる。
っていうか……。
今さらながらだけど……この男、ほんとに痴漢かな。
この男が言うように、直前まで爆睡してたのをあたしははっきり見てる。
それを確認してるのはあたしだけなんだ。
日本語表記にはない音を発して迫ってきた様子は、目が完全に血走ってて唇はあわあわ震えてて、今から思えば確かに普通じゃなかった。
ぜんぜん普通じゃなかった。
なにか現実離れした夢でも見てたような感じだったよな、と思ってしまう。
目の前の紙に記入し始めたその骨の形がはっきり浮かぶ甲を眺めながら、知らず知らずのうちに呟《つぶや》いてた。
「いいの？　ほんとに名前とか書いて。間違い、なんでしょ？」
「間違いだよ。けどあんたに抱きついたのは事実だろ？　やっぱそれは立派な痴漢行為じゃん」
「待って」
あたしはその男の書いてる紙に手のひらを乗っけてけっこうな力でこっち側にひっぱった。
「は？」
「書かなくていいよ」
「え？」
駅員さんと青葉西の制服を着た男が二人ともあたしのほうを向く。
自分で騒いでこの人を連行させて、やっぱり待って、とか。
やってることが支離滅裂すぎて、自分で自分が恥ずかしくなってきた。
でも今はっきりわかってしまった。
この人痴漢じゃない。
あたしに抱きついたのは、正常な判断能力のもとにやったことじゃない。
そこでパーテーションの向こうの雰囲気が変わったのが伝わってきた。
誰か、じゃなくてたぶん警察の人が来たんだ。
「すいません！　あたしの間違いですっ」
「はぁ？　何言ってるの君。ボク、ちゃんと見てたからね。この男、確かにいきなり君に抱きついたよ。同じ学校みたいだし後が怖いとか？　大丈夫。近所の警察だし、優秀だからね。安心してこれからも——……」

「失礼しますっ」
あたしは、テーブルの上でペンを掴《つか》んだままになってる指から数センチ離れた男の骨太の手首を、がしっと握って立ち上がった。
そのまま反対の手でスクバを掴んですごい勢いでソファから離れた。
急に移動を開始したあたしに引っ張られるカタチになったその男も、慌てて、でもしっかり自分のスクバは取り上げて、テーブルと壁の間の狭いスペースを器用にすり抜ける。
「ちょっと君たち!!」
駅員さんの制止を振り切るようにあたしはパーテーションの向こうに出た。
それなりに広い事務室の、いくつも机を隔てた位置にある出入り口付近で事務員の人と話しているのは警察官だ。
あたしはすぐ側にあった他の出入り口の扉を乱暴に開けた。
ゆるく冷房の効いた室内から外に出ると、梅雨の合間のじっとりした空気が身体にまとわりつく。
そこはいきなり靴音や電車の通過音が充満する、人の行きかう通路だった。
この人波にまぎれて改札を抜けてしまえば、とりあえず今日のところはもうわからないはずだ。
ばっちり顔、覚えられちゃったかな。
運の悪いことにこれから通うことになる高校のある駅で、毎日使うわけだし。
二人で通行人をよけながら走る。
がんがんと正面から何度も人にぶち当たるあたしに比べて、

男は不思議なほど誰にもぶつからなかった。
二人とも定期はポケットに入れてて出すのは簡単だった。
なんなく改札を通過する。
「はーっ」
そこであたしはようやく、まだその男の手首を握ったままにしてたことに気づき、すごく慌てた。
でもなんでもないふうを装ってさりげなく離した。
駅でここまで全力疾走ってめちゃくちゃ恥ずかしいんだけど。
幸いというかなんというか、もうとっくに始業時間は過ぎてて、あたしがこれから通う青葉西高校の生徒は全くいなかった。
「悪かったなマジで」
ちょっと開いた両膝に両手を乗せてまだ呼吸を整えてるあたしの斜め上から、微塵《みじん》も息を乱してない声が降ってきた。
「え、ああー」
「いやほんと間違いなんだよ。わざとじゃねーから心配しないで、って。満員電車の痴漢とちげーしな。寝ぼけてたとは言っても確かにあれは現行犯だった」
「うん。まぁもういいよ。あたしキミが寝てたの正面で見てたんだよね。それがなかったらあたしだって許してないよ」
「そっか。俺にしたら寝てたの見られてたのはラッキーだったわけだな。けど女としちゃやっぱ、痴漢にあった時はああやって声あげねーとな」
「そうだよね」

反射的に行動起こして後から怖くなってたのを思い出す。
「声あげねーヤツが多いから痴漢がつけあがるんだ。どんどん突き出せ」
「そんなこと言う男もいるわけね」
「たいていの男がそう思ってんだろ。彼女が痴漢にあったらヤじゃん」
彼女いるのかな、とあたしよりだいぶ高い位置にある喉仏を見ながら考える。
温暖化のせいかしらん、今日は夏って言ってもいい陽気だった。
まだ午前中の早い時間だっていうのに、気温は急上昇で、ローファーの下のアスファルトの熱まで感じとれちゃう。
隣にいる男の、走って吹きだしたこめかみの汗を手首でぬぐうしぐさが変に色っぽくて不覚にもドキドキする。
「何年？」
「え？」
いきなり現実的な質問が飛んできてちょっと戸惑った。
「三年じゃねーよな？　見たことねーもんな。二年か？　二年でもあんたみたいのがいれば記憶に残ってもいいと思うんだけど」
「それどんな意味よ」
「めちゃ可愛いじゃん」
照れるでもなく、スクバを担ぎなおしながら、テレビ画面のアイドルに対しての感想のように目の前のあたしにその男は言い放った。
「…………」

「つーかこの坂、だらだら続きすぎなんだよな。暑い日はマジ勘弁《かんべん》してほしいと思わねぇ？」
女の子にとって“可愛い”は基礎重要単語の第一位だよお兄さん。
耳にタコができるほど言われなれてるあたしでも、こうまで地の会話と温度を変えないでそれを口にする男はなかなか思い浮かばないよ。
モデル時代にスタジオでならそれはただの意味希薄な賛辞だったけど、一般高校生でこれを挨拶《あいさつ》がわりに使うチャラ男をあたしは知らない。
いままではそういう輩《やから》と交流してこなかった、ってことか。
前の潮東高校で仲がよかった陸も雅も使わない単語だ。
佐伯《さえき》はあたしにはしょっちゅうそう軽口叩《たた》くけど、他の子には言ってるのを聞いたことがない。
やっぱりこいつは相当にチ○が奔放なチャラ男なのか？
でもそういう雰囲気は全くなかった。
“可愛い”を駆使する街のナンパ男にとってその言葉は次にくる誘い文句の枕詞《まくらことば》でしかなくて、その後の言動パターンはオンリーオンリーオンリーワンだ。
「あー、うちの担任うるせえんだよな。自業自得とはいえ、痴漢疑惑で遅れたとか超面倒。気分悪くなったってことにすっかなー」
でも彼は、低い空に入道雲だけが生えてる真っ青な夏空を悠長に仰いでて、もう“可愛い”発言は頭の隅にもない模様。
あたしの中での男の言動パターンを塗り替える気らしい。

誘ってくる気配ゼロ。
あたしに学年を聞いたことも取り立てて彼の中で興味のあることだったわけではないみたい。
もうそれについて畳《たた》み掛けることもなかった。
「三年」
でも一応答えた。
「は？　マジで？」
「転校生なの。今日はじめての登校なんだよ」
「えぇっ？　なんでこんな中途半端な時期に？　あー親の転勤とかそういう系？」
「まあそんなようなもん」
ぜんぜん違うけど。
でもこの人、あたしのこと知らないな。
名前がテロップに流れるドラマに出たのは一度だけだ。
男の子が見るようなドラマでもなかったし、視聴率もよくなかった。
このまま親の転勤で来ただけの時期ハズレの転校生、って認識が浸透してくれないかなー。
「キミも三年なんでしょ？　二年やまして一年になんて見えないもんね。っていうか、もしかして留年してる？」
「どつくぞ。三年だけど留年なんてしてねえよ」
大人っぽいな、とても同じ歳には見えない。
男くさいというか妙な色気がある。
「背があるからだろ。フケて見えてやんなるよ。制服着てねーと絶対大学生とか言われる」
「いいじゃん、かっこよくて」

イケメン大好きのあたしだし、痴漢《ちかん》もどき行為にあったとはいえ、駅での態度も潔かった。わりと好感度が高いよナントカくん。
「何組？　名前なんて言うの？」
「六組。駒形《こまがた》翔汰」
「わぁ！　あたしも六組だよ」
「ふうん」
感想はそれだけですかいコマガタクン。
あれだけ情熱的にあたしに抱きついてきたじゃん。
「よろしくね。田伏華乃っていうの」
「ん」
……コマガタクンは可愛いと思う女の子にもとても反応が希薄、と、あたしの脳にインプットする。
“めちゃ可愛い”は主観じゃなくて、客観的な見方を述べただけなのかな、と、なんだかそこはちょっと残念に思う自分を発見。
そんな自分を新鮮だな、と思ったりする転校初日の朝でした。

◇

教壇の前で挨拶をし、それなりにクラスメイトにも受け入れられた。
あたしが芸能活動をしてたことはやっぱり女の子にはすぐバレた。
でもそれで、どうして活動休止してるのか、とかそういう鬱陶《うっとう》しいことを聞いてくる子がいないことは、すごくあたしにはありがたい。
クラスの中に際立って綺麗な子がいると思ったら、なんとその子もモデルだったのだ。
このクラスはモデル馴《な》れしてるのか。
中堅どころのティーンズファッション誌にたまに出てる子らしい。
もっと活躍してもいいと思うくらい綺麗なんだけど、本人にあんまりそういう気がないみたいに見える。
前の高校にはたくさんいた、芸能人の卵たちにありがちなガツガツオーラが彼女にはない。
名前は渋沢桃花《しぶさわももか》。
芸名と本名は同じみたいだ。
そんなことしてるヒマがあるのかい、って思うけど、その子はサッカー部のマネージャーっぽいこともしてる。
仲良くなった日比野由香子《ひびのゆかこ》ちゃんや、高杉美羽《たかすぎみう》ちゃんが言うには、サッカー部が一番いい男が固まってるらしい。
ここの高校のサッカー部は全国レベルだもんね。

放課後、由香子ちゃんや美羽ちゃんが先生から名簿の整理を頼まれてて、教室でそれをやる、っていうから、あたしも一緒に作業することにした。
早く仲良くなりたいもん。
手分けをしてやることになった。
受験に向けて、任意だけど、担任にメールアドレスを預けていつでも連絡してこられるように、という配慮のためのお仕事。
だいたい雰囲気でわかるけど、ここの担任も慕われている。
潮東高校の高木《たかぎ》くんをなつかしく思うな。
おのおのの生徒から集めた携帯のメールアドレスと、番号を紙に整理して書いていく。
アナログだなぁ。
パソコンで打ち込めばいいのに、と思うけど、由香子ちゃんの説明によると、担任の伊藤《いとう》先生は恐ろしいほど機械類に疎《うと》いらしい。
生徒のメアドなんて凝《こ》ったのもあるし、打ち込むの、チョー面倒、とか言ってるんだって。
あたし達にわからない配慮をしてるのか名前は書いてなくて、出席番号なのかなんなのか、番号とメアドと携帯番号が書かれたたくさんの紙を番号順に清書するんだ。
受け持ったアドレスを紙に書いていく。
あーこれって、と手が止まる。
アドレスの一部にkaoriと入ったのを見つける。
あたしが受け持ってるのは男子の名簿だ。
そこにkaoriかぁ。
きっと彼女なんだろうな。
青春の香りがするよ。
憧れちゃうな。
あたしは見た目が派手だしメイクするのも好きだし、おしゃれも大好き。
イケメン好きだし、モデルも芸能活動もしてた。
彼氏なんか切らしたことがないんだろう、って失礼きわまりないことを面と向かって言われたこともあるけど、実際のところは全く逆だった。
寄ってくるのは脈がないと知るや簡単に離れていく自意識過剰なチャラ男ばっかりで、好きになった人は友達のことが好きだった。
潮東高校にいた頃、たぶんあたしを一番マジメに想ってくれていただろう佐伯のことは、大好きだったけどどうしても友達以上には思えなかった。
まともなおつき合いもしたことがないまま、気づいてみたらもう高校三年じゃんか！
目の前真っ黒じゃんか！
いいなあkaori。
あたしも好きな人のメアドにhananoって入りたいよぉ。
高校に入ってからは芸能活動に目が向いてしまったよな。
これからでも遅くはないか。
でもこの高校を見回してみても、潮東の特進クラスほどではないにしろ、三年も夏休み前になると受験色が強くなってるみたいだよ。
目の前の由香子ちゃんと美羽ちゃんも受験かな。
……あたしは、どうしよう……。

あたし達の三年六組は二階だった。
裏庭に当たるサッカー専用グラウンドに面した窓ガラスを広く取ってあるつくりが好き。
今の季節には開け放した窓からそよ風が入ってくる。
真夏は暑くて窓なんか開けられないだろうけど。

名簿整理が終わったあたしは窓からサッカー専用グラウンドを見下ろしてみる。
「駒形くんだ」
「え？」
そこには男の子数人でグラウドの脇の道を通って裏門に向かう駒形くんがいた。
由香子ちゃんがすぐあたしの呟《つぶや》きに反応して、隣に来る。
「田伏さん、駒形のこと知ってんの？　もしかしてもうチェックした？」
「うん。あーチェックってわけじゃないけど。今朝、転校早々遅刻したでしょ？　駅で駒形くんと一緒になってさ。ほら誰もいないところに同じ制服の男の子がいたから。一緒に連れてきてもらったの。大人っぽいよね。なんか歳上に感じるよ」
「駒形人当たりもいいし、かっこいいよねー」
彼女いるの？　って聞こうとしてやめた。
転校早々、そういうこと気にする子だと思われて、変な噂《うわさ》流されるのは面倒だ。
由香子ちゃんや美羽ちゃんを疑ってるわけじゃないけど、はっきりどういう子かわかるようになるまで言動、特に男の子関係の言動には気をつけたほうがいいな、と思った。
「駒形、彼女いないよ」
いつの間にか隣に来てた美羽ちゃんが、窓枠に手をついた。
「え？」
「田伏さん、そう聞きたそうな顔してた」
げげげ。

なんてするどいのだ。
「いい男と二人で学校来たとかだったら、彼氏いない子なら絶対この人彼女いるかな、って考えるでしょ？　田伏さん、彼氏いないって言ってたよね」
「うん、今はいない」
ほんとはずっとだ。
こういうところで嘘《うそ》じゃないけど、暗に誤解してね、って言い方するのがあたしの見栄っ張りなとこかも。
「……なんちゃってほんとはずっといない」
そこで由香子ちゃんと美羽ちゃんとの間にあったうっすーい氷の壁がガシャンと下に落ちたのがわかった。
「なーんだ。田伏さん芸能界にいたし、可愛いし、彼氏なんてごろごろいるかと思ったー」
と美羽ちゃんが笑う。
「えへへ。チョー恥ずかしいけどつき合ったこともないよ。あ、芸能活動始める前の高校では華乃って名前で呼ばれてたの。よかったらそう呼んで」
「じゃああたしも由香でいいよ。美羽はそう呼ぶから」
「あたしも美羽で」
警戒も時には必要だけど、友達になるには心を自分から開くことや誠実であることを学んだ潮東高校でした。
仲良かった萌南や真由は元気かな、って先週集まったばっかりなのだ。
あたしの好きな人だった陸とつき合ってる萌南。
考えると正直まだちょっと胸が痛い。
でも宙ぶらりんにされることのない、もうほんとにこれぞ玉砕《ぎょくさい》！　っていうキッパリとした振られ方をされた。
一ミリも入り込む余地のない言い方だったけど、人間として否定されるようなことはなくて、きっと時間がたてばいい友達になれるんだろうな、と思えた。
萌南も大好きな友達だった。
だらだら中途半端な態度を取られてる友達も中にはいるから、そういうのを見てるとあたしの好きになった人が陸でよかったと、本当に思えるよ。
「あー、華乃今たそがれたー」
一年前のこと思い出して、ぼーっとしてたら美羽にわき腹をつんつんされた。
「華乃好きな人いるんだー。今はっきりオンナです！　みたいな顔してたよー」
「美羽くすぐったいよー。いたけど、今はもうなんとも思ってない。振られたのー」
「華乃を振るやつとかオトコ？」
由香も笑う。
「でしょ？　あたしもそう思うー」
「華乃ってそんなに可愛いのに天然系じゃないんだね。そういうのはきっと女子に好感度大だよ」
「嬉《うれ》しいよ美羽。女子高生にとって女子好感度がなかったら男がいない以上に辛《つら》いでしょ。そこ基本でしょ」
「基本以上がほしいよー」
「あたしもだよ。あたしはがんばってみるよ。三組のむにゃむにゃくん」
「あー誰ぇー」

あたしは短いスカートをひらひらさせ、スクバを持って走り出した由香を追いかけた。
一応、基本は獲得したでしょうか。

◇◇◇宝石箱の魔術◇◇◇

「暇《ひま》だなぁー」

基本は獲得したものの受験前の三年はそれほど毎日遊び歩くわけじゃなく、由香とも美羽ともそこそこの仲良し、って位置のまま、夏休みに突入した。

突入してすぐの日曜日。

前いた潮東高校の萌南も真由も受験の勉強だから邪魔できない。

こっちの高校で仲良くなった由香も美羽もやっぱり勉強してるんだろうなぁ、と思うと連絡するのもためらわれる。

あたしは自分の部屋で両腕を枕にひっくり返って、入道雲を背景にちりんちりんと音を立てる薄い透明ガラスでできた風鈴を眺めた。

あたしは、一体何がしたいんだろう。

自分で決めて、すがすがしい気持ちで潮東高校を辞め、東京の高校に転校して芸能活動を始めた。

すべてが上手くいってた。

事務所は、モデルにしては、161cmと身長が低いこともあって、あたしを最初から女優として売り出すことを決めたらしい。

それはあたしにとっては願ったりかなったり、なわけだった。
演技することもすぐ好きになった。
オーディションを受けまくり、端役から始めて、着実に実力をつけていけばいいと思ってたのに……。

「うわあお——お！　もう考えてもしょうがないってばー」

受験をして大学にいく。高校入学当初、芸能界、というものがあたしの視野に入ってなかった頃、それは当たり前の進路だった。
籍を置いてた潮東高校では特進クラスにいて、そこは全員が揃って受験をするのが当然、という空気だった。
実際そのつもりで高校受験の時、そのコースを選んだんだ。
途中で女優になることを選択してその高校を去り、挫折《ざせつ》して地元に戻ってきた。
だったらまた大学受験をする、ってそのコースに戻ればいいだけじゃない。
なのにあたしは夏もど真ん中だっていうのにまだ全く受験に前向きになれない。
「出かけようー」
もんもんとしてても仕方ない、と思ってあたしは外に行く支度をした。
上はスポーティー全開なメッシュトップスで真ん中に大きく数字のロゴが入ってる元気いっぱいなのを選んだ。
反対に下は元気すぎないようにミニスカートにしてみる。

「ママちょっといってきまーす」
「華乃どこ行くの」
「わかんないけど、それほど遅くはならないー」
洋服でも見に行くかあー。
萌南んちのほうでも行ってみようかな。
受験勉強の邪魔しちゃ悪いけど、もしかしたら息抜きにちょろっと話とかできないかな。
そう思って大きな駅から萌南が使ってる海のほうの路線に乗り換えた。
いやこっちのほうが観光地で、服とかはいまひとつなんだけどさ。
始発駅から空いてる席に座り、あんまり面白くもないアプリをいじりながらしばらく考えてた。
どうしよう、終点まで行くかな、萌南がな、でも陸とデートだったらヤだし、真由も彼氏できたっていうしー、んーんーんー……と思ってたら、妙な既視感に襲われた。
目の前のおっきい男が、腕組みしてぐーぐー寝てるのが立ってる人の移動で見えるようになった。
姿勢がよくて体幹ばっちり。
ほんとだ。
私服だと高校生には見えないかも。
かといって社会人にはとても見えず、ご身分は？　ってことんなると、やっぱり大学生が妥当かなあ。
あたしはそいつの目の前に仁王立ちをした。
起きる気配なし。
「駒形翔汰。当たってるぞ。この問題を解きなさい。できなきゃ補講だ！」
って言ってやった。
「うげっ!!」
駒形は奇声を発してから「$\sin 2\theta + 2\sin\theta\ \cos\theta + \cos 2\theta = t 2$です」
と答えた。
まだ半分目は閉じてるみたい。
こいついっつも電車で寝てるけど、絶対寝起き悪すぎる。
「すごい寝言だね駒形」
あたしは自分の両脇に手をやって笑った。
「え？」
そこでようやく駒形の目の焦点があたしに合った。
もう起きてるはずなのに、あたしを認めるとそのまぶたは驚愕のカタチにみるみる開かれていく。
限界か、って位置までくると今度は反対にみるみる力をなくしていく。
目の前に立ってるのがあたしであることに失望しているように見えて軽く傷つくんだけど。
「なんだ新入りの、なんだっけ？」
「失礼だなー」
夏休みに入る前、一ヶ月近くは同じクラスだったでしょ。
あたしはたまたま空いてた駒形の隣に座った。
海沿いをいく、わざとレトロ感を出した車両は、夏休みとはいえ平日の昼間で、時間も中途半端だからそこそこの混み具合ですんでる。
「田伏華乃です！　忘れないでよ。一応同じクラスなんだから」
「ああ、んだな」
めんどくさそうに駒形は答えながら、組んでた足を下ろす。
そうしないと隣に座るあたしに当たっちゃうからだと思う。
長い足も不便な時もあるよねきっと。
「駒形どこ行くの？」
「プール」
「プール？　なんで」
「泳ぎたいから。暇だから。いろいろ考えたくねーから」
「ふうん……暇なんだ？　そのわりにはこないだの登校日、来なかったよね確か」
なんとなく駒形いなかったような気がした登校日。
「んーあーちょっと旅行なー」
「旅行だったんだ？　どこに？」
「ドイツ」
「嘘《うそ》だな」
「お前はどこ行くんだよ」
そこで考えた。
泳ぎたいから、は置いといて。
暇だから、いろいろ考えたくないから、の理由で外に出てきたのはあたしも一緒だ。
「プール」
「マジで？　誰と行くんだよ」
ここ考えてなかったな。
しかも全くそんな予定じゃなかったから、水着もバスタオルも持ってない。

「えーと一人。駒形は？」
「俺も一人」
「どこのプール行くの？」
「市民プール」
「じゃああたしも市民プール」
「んだよ。お前、水着とか持ってねーんじゃねーの？　なんなの逆ナン？　俺むしゃくしゃしてっからめちゃ泳ぐぞ？　お前のこと構ってるヒマねえぞ」
「いいよ。あたしもむしゃくしゃしてるからめちゃ泳ぐから。駒形のこと構ってるヒマないもん」
「けっ。勝手にしろよ」
行ったことないなあ。
こっちのほうの市民プール。
どうせつまんないいかにも競泳用です、みたいな温水プールだよね。
窓から外を見ると太陽燦々《さんさん》、いい若者が鬱々《うつうつ》としてるのはもったいないぞ、と訴えているような、夏本番の七月色だった。
「ねえ駒形」
「なんだよ」
「市民プールじゃなくてさ、あっちの県営公園のさざなみジャンボプールにしない？」
「さざなみジャンボプール？　遠いじゃん」
「でもあっちのほうが夏っぽいよ。屋外で波のプールもあるし、流れるプールもあるし、スライダーもある」
「やだよ。ガキとか家族連ればっかじゃんか。俺は泳ぎたいの。遊びたいんじゃなくて泳ぎたいの」
確かに若者としては中途半端と言えなくもない。
デート仕様というよりは家族仕様。
子供が多くてがんがん泳ぐには不向きかもしれない。
でも、だからちょうどいいとも言えた。
あたしは別に駒形とデートがしたいわけじゃない。
「どうせ泳ぐんだから閉塞感漂《へいそくかんただよ》う室内温水プールより、開放感のあるところのほうがいいと思わない？　気分が明るくなるよ」
「んー」
「変に警戒しないでよね？　あたしもむしゃくしゃしてて明るい夏らしいところに行きたくなっただけだから。駒形がどうしても市民プール行くなら別にいいよ。あたしは一人でさざなみジャンボプールに行く」
「……お前受験しねーのかよ」
「考え中」
そこで駒形はわかりやすくぶーっと噴き出した。
「この時期にきて考え中、ってなんだよそれ」
「駒形はどうすんの？」
「考え中」
あたしは思いっきり笑ってしまった。
「同じじゃん」
「だな」
「困ったもんだよね。まわりは受験なのにね。じゃ今日は泳いでお互いにウサ晴らししてこよっか。また学校でね」
そう言ってあたしはちょうど開いた電車のドアに向かうた

め、駒形にちょっと手をあげ、そっちに足を踏み出す。
さざなみジャンボプールに行くのに一度降りて引き返すつもりだった。
なんだか太陽光を受けて揺れるプールの水色を、無性に目の前で見たくなったんだ。
「俺も行くよ」
駒形が席を立った。
「え？」
「立ち止まるなよ。ドア閉まるだろ。急げ」
そう言って駒形はあたしの背中を押すようにして閉まりかけてるドアに突進した。
二人であんまり利用者のいない駅のホームに残される。
「いいの駒形？　がんがん泳ぐんでしょ？」
「泳ぐよがんがん。つかお前も泳ぐんだろ？　がんがん」
「泳ぐけどさ。泳ぐだけだったらやっぱり子供が大量にいるさざなみジャンボプールよりは市民プールのがいいよね」
「まぁな。けどお前の話聞いてたら、なんかこう、無性に太陽の当たってるプールの水面が目の前で見たくなったんだよな」
「……そっか」
同じ風景を思い浮かべるんだな、っていう微妙なシンパシーを感じた。
でもそれはちっとも嫌な気持ちはしなかった。

◇

そこからさざなみジャンボプールに行く途中の露天で、あたしはやすーい水着とゴーグルとバスタオルを買った。
撮影でビキニ着たこともあるけど、彼氏でもなんでもない人と一緒に行くのに、あんまり露出の高いかっこもどうかなぁ、と思ってロンパース型のにした。
紺に白の水玉模様で、前も後ろも両脇のすぐ下を通って布地はぐるっと直線、お腹あたりにたぷっとゆとりをもたせてる。
一度ウエストで絞ってそこから下はちょっとだけひらひらスカートがついてるから体の線がでない。
まっすぐな前布の真ん中から左右に伸びる紐を首の後ろで縛るカタチ。
うんうん安いけどなかなか可愛い。
買った水着に着替えて、モデルだった頃からもう耳にタコができるくらい言われてた、日焼け止めを体中に念入りに塗るって作業をする。
駒形と待ち合わせをしてたプールサイドの水道前まで行く。
プールから漂う強い塩素の匂いにああ夏だな、と思った。
日差しの強い日だった。
素足の裏に感じる濡《ぬ》れたコンクリート特有の熱に、ぴょんぴょん飛ぶような動作になってしまう。
もうバスタオルを肩からかけて先についていた駒形は、あたしをちらっと見ると露骨に面白くなさそうな顔をした。
「色気がねー水着だな。もっとこうすげーやつは売ってなかったのかよ。布がちょっとのほうが安いだろ？」
「いや水着は布が少ないと安いとかそういうわけじゃないんだよ。こんな予定じゃなかったから露天で買うくらいしかお金持ってないし。さすが県営プール、充実してるのに安くてよかったね」
「あー、せっかく女と来たのになんで水着特典がないんだよー」
「水着特典は彼女に求めてよね！　泳ぐんでしょ？　あたしだって泳ぐもん。ビキニなんか着てたら泳げないじゃん」
「まーな。お前がビキニなんか着たら目立ってしょーがねーってか」
「まー、それはあるよね」
だってモデルなんだもん。
「つかさ、お前、そこは、そんなことないよ、とか一応謙《けん》遜《そん》しとけよ。認めてどうすんだよ。男ウケがいいのは無自覚な天然って決まってんだよ」
「別にいいもん。男ウケなんてよくなくたって」
「もうモテ飽きたってか」
「そんなこと言ってないじゃんっ。っていうか駒形だって相当モテるよね。あたしをモテネタでいじれないよね？
そんなにビキニがいいなら彼女誘えばいいじゃんかあ」
「今はいねーの」
今は、か。当たり前だよね。
駒形かっこいいし、あたしみたいにずっといませんでした、は高三にもなって無理があるか。
それからあたしと駒形は最初の目的どおり、競泳用五十メートルプールに向かった。
ここでも充分遊んでる小学生は多い。
でも半分はちゃんとロープが張ってあって真面目に泳ぐ人用コースが確保されてた。
ほとんどイモ洗い状態の流れるプールや波のプールよりはだいぶマシ。
「そんじゃーな」
駒形がいきなりあたしを見捨てて綺麗なクロールで泳ぎ始る。
「待て！　あたしだって全身運動だのなんだの言ってけっこう水泳やらされたんだからー」
とか言ってみたものの、もう駒形はずーっと先を泳いで行ってしまった。
急いでゴーグルをつけ隣のレーンを泳ぎ始める。
めっちゃがんばって速く泳いでるのにぜんぜん追いつかない。
五十メートルを泳ぎきるのがやっとのあたしを尻目に、駒形はちゃっちゃとターンして次の五十メートルを泳ぎ始める。
もうどんだけ鬱憤《うっぷん》がたまっててどんだけ鬱憤晴らしにきたのよー。
そう思っても自分で、あたしもがんがん泳ぐ、と宣言した手前、途中でやめるのもしゃくだった。
……それにやっぱり気持ちいいな。
光の粒子が水中にまで入り込み、きらきら輝いてる。
鼻に水が入ってつんと痛いのも体育の授業だとうんざりな

のに、まあこれがなきゃ夏じゃないよね、なんて肯定的にとらえてるあたりが不思議。
でももう次の五十メートルを足をつかずに泳ぎきるのは体力的に限界で、ざぱあっと、たぶん大迷惑な水しぶきを髪から飛ばしながら、顔をあげて足をついてしまう。
ふー苦しいー。
百メートルを泳ぎきった駒形は、そこで休憩がてらこっちを眺めてる。
あたしはもう一度クロールするために水にもぐった。
「けっこう泳げるんじゃんえーと」
荒い呼吸もおさまらないまま、ゴーグルをはずして髪の毛を撫《な》でつけたり顔の水を手でぬぐったりしてると、隣で駒形があたしとのレーンの境にあるロープの上に両腕を乗っけるのがわかった。
「タ・ブ・セ。田伏華乃」
「そうそう田伏」
「小学校まで習ってたのと、最近もちょっとやらされてた」
「やらされてた？」
「あーうん」
「ああ、あれか？　田伏ってモデルだか女優だかなんだろ？　こんなとこ来てていいのか？　男と一緒にいるってやばいんじゃね？」
「うわ。なんでそんなこと知ってんだ！」
「そういうことは男の間でも話がまわるのがはえーんだよ」
「ふうん。でも今は無期限活動停止中。それに残念というか現実を見せられたというか、誰もあたしに気づかないよね」
「まーなー。こんだけ家族連ればっかだとお前を知ってる層も薄いだろ」
「そうなのかなぁ」
確かに小さい子を連れた若い夫婦が大半で、地元民の高校生や大学生はあんまりいない。
その年代はデートや、たまに遊びに行くのはもっとおしゃれなプールか海だ。
中学生はいるかな。
「ま、気楽でいいじゃん。だけどお前ほんとに女優の卵なのかよ。女でここまでガチで泳いでるやつはいねえな。市民プールならいるけどさ」
「でもよかったでしょ？　こっちで」
「そうだな」
それからあたしと駒形は競泳みたいなこともした。
ぜんぜん駒形のほうが速かったから遊んでるようなもんだったけど。
あと二百泳いだら休憩、とかむちゃくちゃハードなこと言われても、なんだかそれくらいやればいろんなもやもやが吹き飛ぶかな、と素直に頷《うなず》けた。
なにより凄《すご》く楽しい。
すいすい進む駒形の後を追いながら泳いでいると、自分の手足にヒレが生えてきたんじゃないかと錯覚するほど、水中にいることが自然だった。
どんどん差が開いていって、先に折り返した駒形とあたしは、お互いに向かって泳いでいくような状況もでてきた。

どっちからやり始めたのかすれ違うとき、二人プールの中央に立ってハイタッチをした。
見上げると水しぶきが顔に降りかかる。
合わせた手のひらから太陽の光が漏れ出てて、それが遠くの水面に金の屑《くず》をちりばめている。
駒形に五十メートル以上差をつけられて、あたしも二百を泳ぎきり、ようやく休憩に入る。
プールの手すりつき階段を登ろうとしたら、頭が急にクラクラして、後ろにひっくり返りそうになった。
あんまりハードな動きをしたから酸欠とか貧血とかそういうのかもしれないと、案外冷静に判断する。
「あぶね……」
どうせひっくり返っても後ろ誰もいないレーンだしなー、と思ってたら、あたしの手首がつかまれた。
がっしりした大きい手。
そのまますごい力で引っ張りあげられる。
駒形のあせって真剣になってる表情が目の前にきて、それが面白かった。
「駒形」
「あぶねー。お前がんばりすぎなんだよ。いや俺も……」
「久しぶりだぁ。こんなに真剣に泳いだの」
プールサイドに上がると、ゴーグルを取り、両手で顔を下から上にぬぐって水分を落とす。
「田伏。悪かったな」
「なにが？」
「いや、なにが、って……。お前の体力考えねーでがんがん泳いじゃって。水泳部でもねー女の泳ぐ距離じゃねーよな。最後の五十なんて溺《おぼ》れてるようにしか見えなかったし。いくら小学校で習ってたとか言ってもさ」
「だって今日はがんがん泳ぎに来たんでしょ？　最初っから駒形、そう言ってたじゃん」
「いや、そうだけど。まさか女がこんながんがん泳ぐと思わねーだろ。化粧取れただの言いそうだし」
「あー取れたぁー。ま、いいよ。あたし、すっぴんでも別にぜんぜんイケちゃうし」
「お前絶対女に嫌われるタイプだろ」
「やっぱりそう思う？　それは実は結構気にしてんの。でもよくわかんなくて。女どうしも難しいんだよ案外」
昔よりそれは気にしなくはなった。
どこかでうまくいかなくても萌南や真由はわかってくれる。
あーでもな、とかすかに反省。
駒形にこんなこと喋《しゃべ》るのはまずいかなぁ。
まがりなりにもクラスメイトなわけだ。
名前も覚えられてない気安さがいろいろ吐き出してしまう要因なのかもな。
「マジに取るなよ冗談だって。ただ俺にしてみるとお前って結構新鮮なんだよ。絶対自分のこと可愛い、って思ってる女だって自覚してること極力隠してるように見えるのにさ。ある程度の自覚はフツーするよな。可愛きゃモテるもん。自慢してるみたいに聞こえて女子ウケがわりーのかな、って思ってた」
「難問だよ駒形クン。じゃあ駒形ウケはいい？」

「まあ俺的には。ノープログラムなんだけど」
「ノープロブレムでしょ」
「そうそれそれ。絢斗みてぇなこと言っちゃった」
「絢斗？」
「そういうバカな間違いばっかしてるやつがいんの隣のクラスに」
そこであたしは一番最初に、駅で会った時のことを思い出して声をあげて笑った。
「あのコでしょ？　痴漢《ちかん》容疑で駒形がしょっ引かれていくの笑ってみてた。チンがホンポー……」
「ばか声に出して言うなっ‼　だからそれが因果応報の間違いなんだよ。あいつと話してっとそういうのばっかなんだよ」
「仲良しなんだ？」
「まあそうかな。部活仲間……だった」
「だった？　辞めたの？」
「お前と同じ。無期限休部中。いいだろ」
「うん。いいよ」
駒形もなんかあったんだ。
でもああやってもといた部活のコと軽口叩《たた》き合えるなら、仲間内の揉《も》め事じゃないのかな。
その絢斗、ってコはあの時笑って通り過ぎちゃったけど、今から思えば駒形が痴漢だなんて微塵《みじん》も疑ってなかったような気がする。
間違いで連れて行かれてどうせすぐ解放されるだろ、って思ってたような気がする。

意地悪なヒヒヒ笑いじゃなくて、純粋に面白がってたケケケ笑いだったもん。
「昼めし食うかー」
「うん」
プールサイドの奥まった場所ではいろんな種類の食べ物屋さんが出店してて大混雑だった。
駒形が並んでる間にあたしが、その前の共同スペースに用意されてる席を確保する。
「駒形っ。カキ氷もね！　イチゴのね？　ピンクだよ濃いピンク色ね！　ピンク色のやつだからねー！」
「わーってるよ。何年日本人やってると思ってんだよ」
しばらくうろうろしてから、あそこがもうすぐ空きそうだな、の席に狙いをつけて突進し、どうにかアルミっぽい素材の丸テーブルと椅子《いす》をゲットした。
流線型の流れるプールが目の前にくるナイスなポジションだった。
ラッキーと思って、さらに椅子を向かい合わせの絶好ビューポイントな角度に調節してたら駒形が戻ってきた。
「おまたせ」
「あー、ありがと。いくらだった？」
「えーとホットドッグとジュースとカキ氷がお前。ポテトは一緒食う？」
ポテトはカロリーが……とつい昔の癖《くせ》がでて考えそうになる。
もう関係ないんだった。
「食う食う」

「そんじゃーえーと、五百円かな」
「もっとかかってるでしょ？」
「いいよ。ちゃんと計算すんのめんどい。あ、俺のラーメンできた」
時間のかかるものは、お店から機械を渡され、手元のそれがピピピっと鳴ったら取りに行くシステムだ。
駒形は食べ物満載のトレイをテーブルに置くとラーメンを取りに行った。
やきそば、ホットドッグ、ポテトにカキ氷が二つ。
これにラーメンか、結構食べるな駒形。
「またまたお待たせ。つか食っててよかったのに」
「そんなに躾《しつけ》の悪いコではありません」
駒形がそれでいいと言うからお言葉に甘えて五百円だけを払い、あたしも自分のぶんのホットドッグを食べ始める。
目の前でガツガツ食べる男に目をやりながら、今日一日をどう塗りつぶそうか考えてた今朝からは想像もつかない展開だったな、なんて思ってみたりした。
痴漢と間違えて駅員に突き出す、っていう最悪の出会いだったわりにはなんだか気がおけない、というか気が楽だ。
あたしは人見知りするほうじゃないけど、ほぼ初対面でこんなに会話がぽんぽん続く相手というのも珍しい。
思いっきり本音で話してるし、弱みも気にしてることもついつい見せちゃって、しかも気づけばご意見まで伺っているという……。
駒形とは波長が合うのかもしれない。
「俺、これ片付けてくんな」

そう言って駒形はあたしの食べたホットドッグと、ラーメンやらやきそばの残骸《ざんがい》をトレイに乗せて、お店の前の人ごみに入って行った。
目の前には、白い発泡スチロール製の容器に入ってる溶けかかったカキ氷が二つ。
あたしがどうしてもカキ氷、を主張したから、ご飯ものと一緒に買ってきてくれたんだ。
あの行列にカキ氷だけのために並ぶのは苦しい。
あたしはピンクと、もう一方の意味不明の色をしてるカキ氷からプールのほうに視線を移した。
「綺麗だな」
休憩時間に入り、誰もいなくなった流れるプールをぼーっと見渡した。
あのプールの中の、ゆらゆら揺れる網目模様はどうしてできるの？
晴れ渡った日のプールは動く芸術だな。
太陽光に反射する金を、水面にできるさざなみが運んでいる。
子供の奇声。
水着のスカート部分からポタポタと落ちる水滴。
コンクリートの上を人が走る振動。
少しベタつくアルミの丸いテーブルは座りが悪くてガタガタだ。
一つ一つが夏色を作るジグゾーパズルのピースだな。
「またまたお待たせ。つか食ってろって」
なにげない言葉をかけながらあたしの目の前に駒形が座っ

てジグゾーパズルが完成した。
「なんだか高校生の夏休みの日常だね」
「高校二年生、もしくは受験しねー三年生の夏休みの日常だなー。つか就活のやつだってもっと忙しいよな」
「受験考え中の高三生、の日常でもあるよ」
「そうだなー」
頬杖をつき、どこか遠い目をしてプールのほうに目をやる駒形の整った横顔が、やけに胸に刺さる。
「今日はさ、お互いに“考え中”はやめようよ。今日だけは真剣に現実逃避に専念しようじゃないか駒形クン！」
そこで駒形はどんぐり眼《まなこ》になってぱっと姿勢を正したから、頬杖にしてた手のひらだけが空中に残されるというマヌケなポーズになる。
それがやけに可愛い。
背が高くて大人っぽい駒形が、やっと弱みのある悩める十七歳に見えてちょっと微笑《ほほえ》ましかった。
なんだかもう駒形はほんとに十七なの？　って思うほど色気がある。
バスタオルを肩からかけてるんだけど、そこから覗《のぞ》く鎖骨にどきまぎしちゃって、もうあたしはどこを見ていいやらわからなかったから今まで。
プールと鎖骨とバスタオル、ってもう駒形の最強アイテムじゃんか、とバカなことを考えちゃってた。
彼氏でもないんだからマヌケくらいがちょうどいい。
「駒形、そのカキ氷の色がグロいんだけど。爽《さわ》やかさに欠けるからやめてくれる？」

「自分でシロップかけるシステムだったの。だからレインボーにしたんじゃん」
あたしのほうはピンク一色だったけど、駒形のはピンクや青や黄色が混ざって溶けて、不気味な色になってる。
「最初はイイ感じだったんだよ。確かに時間たつとダメだなこれ。つかお前のやつのが美味《うま》そう」
そう言ってあたしのカキ氷を透明プラスチックスプーンでがばっと大量に掬《すく》い取った。
「あー、やめてよー。あたしの大好きなイチゴを！　自分でカキ氷グロくしたんでしょ？」
「別にグロくはねーだろ？　ちょっと美味そう、が欠けてるだけでさ」
「だったらその見た目が欠けてるだけの美味《おい》しいかき氷食べればいいでしょ？　っていうかほんとに美味しいのかそれは」
あたしもまだ使ってなかった自分のスプーンで駒形のカキ氷を食べてみた。
「あっ!!」
ものすごい素《す》っ頓狂《とんきょう》な声を駒形が出した。
「なによ？」
「俺もうこっちの食べちゃったぞ」
そう言って自分のカキ氷をスプーンで指差した。
「だから何？」
「間接キスじゃん」
「そうじゃん。やばいやばい」
「マジでやばいやばい。俺ビョーキ持ってねぇけどやばい！」
二人で透明スプーンを持った手で口元隠しながら笑った。
なんだかすごく、すごく楽しかった。
心が浮き立つ。
心を縛るものがない。
心が裸になったような気がした。

午後からはもう二人とも競泳用プールへは行かなかった。
でも波のプールも流れるプールもビーチマットや浮き輪のないあたし達には、どうにも微妙だった。
カレカノでもないわけで、くっついてきゃーきゃー騒ぐわけにもいかない。
だから、ただ二人でぐるぐると主に流れるプールの中を歩いてた。
歩きながら喋《しゃべ》ってた。
何をそんなに喋ることがあるんだ、と思うくらい二人ともずっと喋ってた。
笑ってた。

帰りの電車の中、疲れきったあたしはいつのまにか寝ちゃったらしい。
不覚にも駒形に寄りかかって寝てた。
電車の揺れでふっと目を覚まし、手の違和感に本格覚醒をした。
「げ！」
なんと手をつないでたんだ。

いつの間に？
あたしはこれは夢か？　と思ってつないでる手を自分の目の前に持ってきてしげしげと眺めた。
うん、確かにつないでるな。
指を交互に組む恋人つなぎじゃないけど確かにこれは手をつなぐ、の定義に入るだろうと思う。
「んーん……」
隣を見てみると案《あん》の定《じょう》、体幹ばっちりな姿勢で駒形は寝てる。
でもあたしがつないでる手を動かしたからなのか、うっすらと目を開け……起きた。
「おー寝ちゃったか。俺電車の振動に弱くってさー。すぐ寝ちゃう……なんだよ、どうした？」
あたしがたぶんめちゃ困惑の表情をしてるのを見て駒形が聞いてきた。
「駒形、問題が起きた！」
「なんだよ」
「これを見ろ！　よーく見ろ！」
そう言ってあたしはつないでる手を駒形の目の前に突き出した。
「げげげー！　なんだこれ？　お前が寝込み襲ったの？」
「身に覚えがない！」
「俺も身に覚えがない！」
「やばいじゃん」
「おおーやばいやばい」
二人でぎこちなく手を離して笑った。

今日、何度二人でやばい、を連発して笑い合ったかな。
駒形は、その日、あたしを家まで送ってきた。

◇◇◇

プールで遊んだ日から三日後、あたしは高校に行った。
夏休みだけど担任がやってる受験のための自由補講に出るためだ。
正直まだ受験にそれほど前向きになれない。
でもかといって就職する気もあんまり起きなくて、将来を先延ばしにしたいがために受験をするかな、のほうに気持ちが傾いてるような傾いてないような……。
わかりやすい授業で定評のある担任の伊藤先生。
男、三十四歳。
彼女の有無不明。
愛称イトー（そのまま）。
クラスのほとんどが補講に出てきてた。
夏休み中は基本的にずっとほぼ終日やってくれてるという面倒見のよさ。
予備校の夏期講習に行ってる子が多いけど、そういう子達でも、こっちにも短時間でも顔を出す。
あの日、考え中、と言ってた駒形もとりあえず参加してる。
なにげなく目がいってしまうと、“真面目”と“気のない”の中間程度の態度でテキストに目を落としてる。
由香と美羽は今日は参加してなかった。
駒形が立ち上がって荷物をまとめだしたから、終わりにするんだな、と思った。
由香も美羽もいないと一緒に帰る人がいない。
それほど気も乗らないし、あたしももうやめよっかなー、と考える。
夕方でだいぶ日が傾いちゃってるしな。
駒形はさっさとイトーに挨拶《あいさつ》して廊下に出て、階段を降りて行ってしまった。
なんとなくがっかりするな。
あの日、あんなに楽しかったと感じたのはあたしだけだったのかな。
駒形の態度は全く以前と変わらない。
つまり接点は挨拶程度だった。
わざわざ声かけることもないかな、と思って校庭を横切る駒形の後ろを数十メートル間を開けてたらたらと歩いて行く。
青葉西高校の最寄り駅との間にある大きい川。
そこの河川敷で小学生くらいの子達がサッカーをやって遊んでた。
同じユニフォームをちゃんと着てるから、練習があったのかもしれない。
試合じゃないんだろうけど、サッカーコートも整備されてた。
そこで駒形は足を止めた。
サッカーをやってる小学生をじっと河川敷の上の遊歩道で見下ろしてる。
どうしたんだろう、とちょっと首をひねってたら、下にいた小学生が何人かで駒形に向かって手を振りはじめた。
「え……？」
駒形がスクバをかつぎなおして河川敷のほうに軽い足取りで降りていく。
知り合いの子供かなんかがいたのかな。
そしたらなんとスクバを放り投げて、駒形は子供と一緒にサッカーをやり始めたんだ。
しかも素人目に見ても、ものすごく上手。
子供たちに教えてるみたいだった。
河川敷の緑の下草が茜色《あかねいろ》に染まって、夕闇《ゆうやみ》が迫ってることを告げる。
子供たちに囲まれてても背の高い駒形は目立ってるし、動きも一人際立って俊敏だから、見失うことがない。
あたしはあっけに取られてずっと見てた。
部活、無期限休部中、とか言ってたな。
駒形はやっぱりサッカー部なんだ。
部活仲間だと言ってた絢斗、って名前の隣のクラスの男子、フルネームは佐久《さく》絢斗だ。
青葉西はサッカーの全国的な強豪校で、有名な選手がいっぱいいる。
佐久絢斗もその一人。
それはなんとはなしに耳に入った噂《うわさ》ではあったんだけど、たぶん駒形と関係のある男の子じゃなかったら、あたしの耳はスルーしてたな。
「嘘《うそ》……翔汰じゃん」
その声に振り向いてみたら、あたしのすぐ側で、今思い浮かべてた男子が立ってた。
「マジで？」
「なんで？」
あたしから五メートルくらい離れたところで、たぶん部活帰りの、制服着てサッカーのバッグを背負った青葉西高の生徒が三人立ってる。
そのうちの一人が最初駒形が痴漢《ちかん》容疑で引っ張られてった時に、近くにいた男の子、佐久絢斗だった。
他の二人は知らないけど、そのうちの一人、驚いた時に覗いた尖《とが》った歯が印象的なわりとかっこいい男の子は、どこかで会ったことがあるような気がした。
「サッカー、できるんじゃんあいつ」
呟《つぶや》くように三人のうちの誰かが言う。
その言い方は、休部中と言ってた駒形を責めてる調子は全くなくて、本当に純粋に驚いてるみたいだった。
三人ともガン見してるあたしに気づかないくらい駒形をガン見してる。
「行こうぜ」
「おお」
「だな」
三人は河川敷の斜面を一斉に駆け下り始めた。
なんだろう。
どうなってるんだろう。
駒形はどうしてあんなに上手なのにサッカー部を辞めたんだろう。
あー、でももしかしたら、相手が小学生だから無駄にうまく見えちゃってるだけなのかもな。
今現役サッカー部、しかもたぶん駒形と同じ三年が入っていったから、そうすると、やたらと見劣りがするのかもしれない。
自分の技量に限界を感じて辞めたとか。
強豪校は全員が仲間なのと同時にライバルだろうし。
「上手いじゃん。なんだあれ」
高校生が二人ずつに分かれてそこに小学生も振り分けて、どうやらゲームを始めたらしい。
「むっちゃシュートしてるんだけど。手加減しろよバカ」
相手小学生じゃん。
まあ小学生にはあれでも手を抜いてるのか。
でも、競《せ》ってる相手が小学生じゃなくて青葉西高の部活仲間だと、ここまで熱気が巻き上がって届きそうな勢いでぶつかってる。
あれでどうして部活辞めたのかな。
スランプ?
この時期に部活なんかやってる駒形以外のあの三人は、きっとスポーツ推薦で大学に行くかプロになるか、なんだろう。
なんなの駒形。
そういう三人に全くひけをとらないプレーしてるじゃん。
っていうか一番シュートしてるの駒形だし!
大学受験のために部活やめたわけじゃないよね。
補講はとりあえず出てたけど、鬼気迫るものがある、とかからは程遠い。

夏の夕方は日が長いけど、落ち始めると暗くなるのもあっという間だ。
いくらもゲームできず、決着もつかないまま、サッカーパーティーはお開きになったみたい。
青葉西の四人が小学生に手を振る。
小学生はあたしのいる土手とは反対方向にみんなで帰っていった。
気安さからみて、きっと全員が初対面じゃないんだ。
部員ともぜんぜん問題なく上手くいってるみたいだし、技量だってとても劣ってるようには見えない。
大学受験のためでもない。
だったら駒形はいったいどうして部活をやめたの？
あたしが考えても仕方ないことを無意識に頭の中でこねくり回してる間に、四人はいたく満足そうなお顔であたしの前に現れた。
その四人のうちの一番チャラそうな男、佐久絢斗がいきなりあたしをまっすぐ指差した。
「あ！」
「はい？」
「えーと六組の、えーとえーとえーと」
「……」
「そう！　タブンハナゲ！」
「……タブセハナノです！」
自信満々にそんな間違いするなよー。
あの時、チ○ガホンポーと言った佐久絢斗。
プールで駒形は絢斗と話すとバカな間違いばっか、みたいに言ってたけどほんとだな。
「お前いい加減にしろよ。田伏さん可愛くて超有名じゃんか！　あ、ボクは四組の辻倉《つじくら》って言います。よかったら連絡先交換します？」
そこでバコンと辻倉くんを叩《たた》いたのが駒形だった。
「こいつ手がはえーから気をつけろよ。うちの高校の女子ラインＩＤ八割以上持ってる」
「わーお、すごい」
すごいと言えば駒形のサッカーはほんと凄《すご》かった。
駒形がちょっと気安く話しかけてくれたのと、あたしを初対面の男の子からシャットアウトするような態度をとってくれたのが、なぜかすごく嬉《うれ》しくて、思ってたことがさらっと口から出てしまった。
「駒形のサッカー凄かったね。なんで部活——」
そこでその先をあたしに言わせないようなタイミングで一人の男の子が口を開いた。
辻倉くんでもない、佐久くんでもないもう一人の、犬歯がとんがってる子。
「まあすげえよな。翔汰が抜けたの超痛手。主力フォワードだったのによ。ま、そのうちやりたくなんだろ。黙っとこうぜ」
「えっ……、いつ辞め……」
主力フォワードだったのに辞めちゃったの？
どうして。
「田伏さんが来るちょい前だよ。あ、俺は佐久絢斗ね」
「はい」

なんだか自己紹介をする流れになったみたいだ。
じゃなくて、あたしのこの疑問、なんで辞めた、とか、いつ辞めた、とかをみんなでここで打ち切りにしようとしてる？
「えーと俺三浦瞬《みうらしゅん》」
駒形の部活の話には過敏だったのに、自己紹介に一番どうでもいい雰囲気をかもしだしてるのがこの人だった。
駒形がサッカーやってるのを見てものすごい反応をした人とは思えないほど、あたしに対してはほぼ無反応。
なんだかあたし、やっぱりこの人知ってる気がする。
この無反応具合といい、“えーっ”ってカタチに口を開くと見える尖った犬歯とか……。
「三浦？　三浦くん？」
「ん？」
三浦くんの名前を連呼するあたしに彼も不思議そうにあたしを眺めてきた。
でもあたしに思い当たってるふしもない。
やっぱり気のせいか。でも三浦……。
あっ !!!!!
思い出したー。
そうだよあたしがまだ潮東高校にいた一年前、そこで一番仲がよかった萌南とバーガーショップで彼女の中学時代の友達と会ったことがある。
確か、夏林《かりん》ちゃん、って名前だった。
恵《めぐみ》ケ丘《おか》女子に通ってる利発そうな可愛い子だった。
その夏林ちゃんが好きな男の子がこの三浦くんだ。

間違いない。
あのバーガーショップの前で、三浦くん達は、中学の友達同士っぽい団体で待ち合わせをしてた。
なんだか一人、ミョーに遅れてるコがいるとか言って、かなり長い間、その集団はバーガーショップの前で待ってたんだ。
夏林ちゃんは駅で見かけるだけのこの三浦くんが好きだったんだ。
だからあたしはどんな子なのか確かめるために、わざとその集団に乗り込んで行って、道を聞いた。
たいていの男の子はあたしをぞんざいに扱わない。
それを知っててこの三浦くんがどんな反応をするのかを確かめてあげたかった。
駅で会うだけなんて、どんなコだかわかったもんじゃない。
でもビックリなことに、確か四、五人いた男子の中で、三浦くんだけがあたしに全く興味を示さなかった。
その反応が新鮮で、あたしはこのコを覚えてた。
まあわりとかっこいいから、っていうのもあるけど、あたしはその頃違うコを好きだったから、すぐに興味も失ったし、今の今まで思い出しもしなかったわけだけど。
しかしながら三浦くんのほうはさらに全く覚えてないみたいだね。
「なんで田伏さん、そんな瞬のことガン見してんの？　もしかしてこういうのタイプ？」
そう聞いてきたのはえーと、辻倉くんだった。
「いや別にガン見とかじゃ……」

「あー残念だねーこいつ彼女いんだよ」
「えっ!!」
そう言った駒形の言葉に自分でもびっくりするくらいの大きい声がでた。
「何何、やっぱ瞬狙いだったわけ？　田伏さん」
そう言ったのは佐久絢斗。
「いや、あの……」
夏林ちゃんかわいそうだな。
あの時、あんなに思いつめてたのに三浦瞬にはもう彼女がいたのか。
だから女の子にこうも無反応なのか。
全く浮気の心配がなさそうな男だな。
「そうそうすっげーラブラブでさー。毎日彼女の弁当持ってくんだよ」
「お弁当まで……」
ますます夏林ちゃんに入る余地なし。
あたしも一年前に結構キツい失恋をしたことがあるから、人のこととはいえ胸が痛い。
あの時、バーガーショップで一緒になった時、夏林ちゃんはもうこいつのことが好きでたまりません、みたいな様相だったもんな。
今も彼女がいるのを知らずに好きでいるんだろうか。
萌南経由で、知らせてあげたほうがいいのかな。
「何いつになく寡黙んなっちゃってんの？」
「あー、うん、ちょっと考え事……」
「一目惚れ《ひとめぼ》とかそういう系？　それとももしかして瞬狙い

で転校してきたとか？」
「え？」
すごく意地悪っぽい言い方で駒形が畳《たた》み掛ける。
なんだそれ？　そんなわけないじゃん。
ただちょっと友達の友達の失恋が確定になったわけで、それが一年前にした自分の失恋にシンクロするものがあって、感傷的になっただけだ。
「瞬は自分の彼女にしか興味ねえよ。ちょっと可愛いからって男がみんな自分のほう向くとか思わねーほうがいいぞ」
「……何それ……」
駒形が表情をゆがませてせせら笑った。
そんなこと思ってないし、あたし何も三浦くんに言ってないよ。
もちろん好きとも、かっこいいとさえ言ってない。
あたし可愛いから、なんてそんなのが態度に出てたとも思えないけど。
あまりに理不尽な駒形の言い草に、この間のプールの、心を解放されたみたいに楽しいと思えた時間を帳消しにされた気持ちだった。
思わず言葉をつまらせてしまう。
鼻の奥がつんとする。
「翔汰、何いきり立ってんだよ。別に田伏さん、瞬のことなんも聞いてねーだろ？　彼女いるってのにちょっと驚いただけじゃん。ほら泣きそうじゃん、あんなのほっといて俺らと帰る……」
辻倉くんがそうなぐさめてくれて、あたしの肩にそっと手を置こうとした。
駒形がその手をパンっと乱暴に払った。
「翔汰」
辻倉くんが口が半開きになるほどびっくりしてる。
「先帰ろうぜ。翔汰どうせ補講のノート、真面目に取ってねーんだろ？　田伏さんに写させてもらえよ。それともこのままみんなで帰る？」
三浦くんがそう言った。
「先帰れよ、俺ノートこいつの写してくから」
写してく、って……こんなとこでもう真っ暗だよ。
駒形に意味もわからずキツい言い方をされたことに自分でも驚くほどショックを受けてて、あたしは動くこともできず、それでも離れていく三人にどうにか手だけは振った。
自分でノート写す、って言った駒形も何も言わずにそこを動かなかった。
気まずい空気をどうにかしたくて、とりあえず暗闇の中、手探りでノートを取り出した。
「駒形これ今日のノート。そんなに詳しく取ってるわけじゃないけど、写すなら持って帰っていいよ」
どうせ帰ってもそれほど勉強する気にもなれない。
あたしはノートを駒形に差し出した。
でも駒形は手を出そうとしない。
「駒形？」
「……悪かったよ。イヤミっぽい言い方して」
誤解されるような覚えもないけど、誤解されてるのならそれは嫌だな、と思った。

「別にあたし三浦くんのこと、そんな狙ってるとか……そういう気持ちはぜんぜんないからね」

駒形にはそんなことはどうでもいいだろうけど、自分が誤解されたままが嫌、っていう理由だけでそう言った。

言ったあとで、なんだかこれじゃ好きな人に、他の人との仲をちょっと疑われて、それを必死に弁解してるみたいだな、こんなこと自分から言うの、自意識過剰っていうのかな、と、落ち込む気持ちになった。

“ちょっと可愛いからって男がみんな自分のほう向くとか思わねーほうがいいぞ”

そんなつもりは全くないのに、あたし、駒形にそういうふうに見られてるの？

たぶんあたしには、この言葉が一番ショックだったんだ。

「男がみんなあたしのほう向くなんて思ったこともないし……」

一年前には立派な大失恋だってしてる。

むしろ、あたしみたいに高慢ちきに見えるだろう女は好きじゃない、って感じる男子のほうが多いような気がする。

……駒形だって、きっとそうなんだ……。

思わねーほうがいいぞ、なんて言い方をしてるけど、それは自分がそう思ってるから出てくる言葉なんじゃないのかな。

なんだろう。

人からどう見られたっていいよ、って何度も思おうとして、でもあんまりうまくもいかなくて、訓練でスルーできるようになるんだと、自分で自分に言い聞かせてきた。

もう完璧《かんぺき》にそう割り切れるようになったよ。
なったはずなのに……。
駒形からそう思われてるっていうのはすごく苦しい。
苦しくて、胸が、痛い。
「ノート、要《い》らないんだね？」
いつまでも受け取らないから、ノートをのろのろとスクバにしまおうとした。
「借りるよ」
いきなり手首が掴《つか》まれた。
「駒形……」
痛いほどぎゅっと掴まれてて、あたしをまっすぐ射抜いてくる駒形の瞳が、たまたま通ったバイクのライトに照らされてきらりと光った。
手首を握ってた彼の手は、あたしの手の甲をすべり降りてノートを掴み取った。
「そんなこと、思ってねーよ」
「え？」
「だから、男がみんなお前のほう向くとお前が思ってるなんて、そんなこと俺思ってない……いや、思ってるかも……俺が」
「意味わかんない。結局そう思ってるんじゃん。違うし！あたしなんて本気で相手になんてされないよ。ちゃんとそういうふうに理解してます！」
「田伏」
「気が済んだ？　じゃあね」
あたしは駒形を置いて駅のほうに走り出した。

これ以上駒形の前にいたら涙が出てきちゃいそうな気がした。
「明日四時、こないだプール行った時のあのプールの駅で待ってる。駅前でこのノート返す。ジーンズで来いよ！」
あたしの背中に駒形が叫《さけ》ぶ。
「行かないよ。学校で返してくれればそれでいい」
「来るまで待ってる。ずっと待ってるからなっ」
意味わかんない。
いいよ、別に勉強するわけでもないんだからノートなんていらない。

◇◇◇

「ずっと待ってるとか言われたら気になるし……」
しゃくにさわったから、あたしを切なーく待ってる駒形を見下ろしてやるため、駅前が見わたせるビルの二階にあるカフェに十分前から陣取って待ってやった。
「いないし」
そんなに大きい駅じゃないし、改札は一箇所しかない。
改札の目の前、駅舎のひさしの下で立ってる人は数人いたけど、その中に駒形はいなかった。
来ないのかもな。
あたしのこと、男がみんな振り向くと自分で信じちゃってるような痛い女だと思ってるみたいだもんね。
いやもう、自分でそう思ってる、ってはっきり言ってたし。
時間ぴったりになっても駒形はこなかった。

そういうことですか。
すっぽかして、男が全部自分に関心があるわけじゃないと、あたしに教えてくれようとしてるわけ？
そんなことわかってるって言ったじゃない。
あたしが一体何をしたの？
わざわざ呼び出して、待ちぼうけを食わせられなくちゃならないようなこと、したわけ？
あたしは駒形の連絡先を知らない。
ラインもメールアドレスも。
連絡取れない状態だってわかってて来ないなんて、駒形ってそういう人だったの？
一緒にプールに行った時のあの浮き立つような楽しさは何だったんだよ。
十五分が経過した。
「帰ろう」
ムカつきとイラつきに唇がとんがってるのがわかる。
こんなとこまで来ちゃった自分、駒形に言われた通りめったにはかないジーンズまではいて来ちゃった自分のバカさ加減に呆《あき》れながら、あたしが席を立とうとした時だった。
ひさしのある駅舎の正面の、ロータリーになってる場所で、人がいきなりしゃがみこんだのがわかった。
動作が早くて大きかったから、目にとまったんだ。
「え？」
その人は真っ黒の中型バイクの前にしゃがみこんで開いた膝頭の上に両手を伸ばしてる。頭を両方の腕の間に垂れてる。

「駒形……」
駒形だった。
伸ばした片手にあたしが昨日渡したノートが握られてる。
四時とは言っても真夏でまだぜんぜん陽が落ちてなかった。
あんな暑い場所じゃなく、たくさんの人が立ってるのと同じように、改札のまん前、駅舎のひさしの下で待ってるもんだとばかり思ってた。
あたしは急いでジュースのトレイを片付けると、階段を一段飛ばしか、ってくらいの急いで降りた。
あのバイク知ってるよ。
あたしがここに来た時にはもうあった。
バイクで来るなんて思わないじゃない。
バイクがあったから、あの場所で待ってたんだ。
きっとあそこは停めちゃいけない場所なんだ。
「駒形」
あたしが声をかけると、駒形はぱっと顔をあげた。
そこに、ほんの、ほんの一瞬だったけど、あたしははっきり歓喜を見てしまった。
「よお」
駒形はおっとりとした口調で言って、あたしを見上げた。
「何してんのよ」
「お休み」
「お休み、じゃないでしょ。こんなとこで待ってて熱中症んなったらどうすんのよ」
「今来たとこだもん」
「嘘《うそ》つけ」

「あ、お前やらしー。俺がここで悶々《もんもん》と待ってんの見て面白がってただろ？」
「悶々と待ってたんだ」
「いやフツーに待ってた」
「どっちなんだよっ」
あたしは駒形の足先をちょん、と蹴飛ばした。
そこで駒形はのっそり立ち上がった。
「おせーんだもん。悶々とするだろフツー。こねーかと思った。はいノート」
「ありがと」
「あとはい、これ」
「え？」
渡されたのはバイクのメットだった。
「うちの高校バイクの免許取ってよかったんだ」
「知らねー。バレなきゃいいだろ」
こいつ、サッカー部辞めてバイクがやりたくなったのかな。
「はい、ってこれ何？　家まで送ってくれんの？」
「そりゃ最後はな。でもまさかお前だってノートのためだけにここまで呼び出されたとは思ってねーだろ？」
「はい？」
「呼び出すかよ。そんなやる気のないノートのためにさ」
「し、失礼だね。借りといて何なのその言い方！」
「……悪かったよ」
「わかればいいけどね」
「つか、ノートについて謝ったわけじゃねーし」
「ああ……」

昨日の暴言についてか。
ひどい言い方だったもんな。
「あたしに対するあの感想か。いいよ。駒形がそう思ってるんなら仕方ない」
「仕方ねーよな。マジでそう思うんだもん」
「喧嘩売りに来たの？　こんなのいらない！　電車で帰る」
あたしは駒形にメットをつき返した。
普通ここは取り消すとこでしょ？
本当にそう思うのは勝手だけど、昨日、あたし本気で泣きそうだった。
なんで呼び出されてまでまた傷口に塩塗られなくちゃならないの。
ああ、来たあたしがバカだった。
駒形に背を向けかけたところで二の腕が強い力で引かれて、今逃れたばっかりの視線にさらされる。
「男がみんなお前のほう向く、ってのは俺の素直な感想だよ。お前だってそういうのわかってる、みてーな言い方だったじゃんか。プールん時」
「はあー？」
男が全部あたしのほう向く、なんて思うわけない！　ってもう昨日から何度しつこく確認させられてんだ。
「そんなことあたし言ってない。思ってません！」
「ああ、微妙に違ってたっけ？　すっぴんでもイケちゃうとか、自分が可愛いのわかってるような言い方だったから」
「ぜんぜん違うでしょ！　モデルだったんだから客観的に

見て可愛い、の部類には入ると思います、それでいい？
でも男がどうの、は思ってもいないし実際違う！　あたしはぜんぜんモテないの！　気がすみましたか？」
もう何を言わせるんだよ。
あたしの剣幕に駒形がぎょっとしてるのがわかった。
「……もういいよ。行こうぜ」
「行くってどこへ？」
「タンデムでどっか、景色の綺麗なとこ」
「なんで？」
「なんで、って……。昨日ひでーこと言ったお詫《わ》びと、そのノートのお礼」
「あんた絶対写してないで――……むぐぐぅー……」
そこで駒形は、あたしの手からメットを取り上げ、強引に頭の上からかぶせた。
「少し黙れようるせー女だな。なんか無性にお前とバイクに乗りたくなったの！　理由はそんだけ！　それでいいかよ」
ぐりぐりヘルメットをまわしてちょうどいい位置に調節しながら、怒ったようにも、うんざりしたようにも聞こえる声を出した。

バイクに乗ったのは初めて。
最初は、とにかく振り落とされないようにしがみつくのに必死だったこと。
それから、なんであたしがこんな状況に置かれてるのか理解できずに、眉間にシワが寄るばっかりだった。
でもだんだんバイクというものに馴《な》れ、それなりに今ある状況に折り合いをつけてからは、今まであたしが知ってたどの空間とも違う世界にいることに新鮮な驚きを覚えた。
スピードと自分の間に壁がない。
スピードを実際に感じるのがあたしの身体だった。
言ってみれば、走ってる、もしくは自転車の速い版なんだけど、圧倒的にスピードがそれと違うことで、感じる世界もあたしの知ってるものじゃなかった。
力むと危ないから、しがみついて自然にしてろ、と駒形に言われてる。
なんとなくだけど言われてる意味がわかった。
曲がる時は特に車体と、運転する駒形、後ろにいるあたし、三つが同じ動きをしないと危ないんだ。
器用に合わせるなんてことは初めてバイクに乗るあたしにはできない。
だから、せめて力を全部駒形の背中に預けた。
くやしいけど、一体感っていうのはこういうことなのかなと感じる。
メットの向こうで轟音《ごうおん》になっているとわかる風。
あたしの胸の中に確かに新しい風が吹き込んでくる。
別にこの嫌味ったらしい駒形に心を開いてるわけじゃないのに、壁を破り、強引にあたしの内側に流れ込んでくる。
予感というよりはもう実感だった。

恋が、始まるんだと、強烈に感じる……。
悔しいけどそう感じる。

途中で見つけた、駒形に果てしなく無縁そうな可愛いパンケーキ専門店に入ることになった。
あたしが決めたんじゃなく、駒形が決めた。
あんなに憎たらしいこと言われてるのに、恋が始まる、だとか思ってしまった自分の気持ちに、あたしはすごく戸惑ってた。
走ってるのはどこだかわからないらしい。
駒形も行き先を決めないで直感にしたがって走ってるだけみたいだ。
一応あたしに門限は聞いた。
何時までに帰ればいいのか、ってことだけはしつこく尋ねられたけど、それ以外はどこに行きたいかとか、好きなとこはあるか、とかいっさい聞かない。
行き着く先がきっと行きたかったとこなんだよ、と言う駒形の言葉に、ああそうなんだな、と素直にうなずける。
あたし達の住んでる地域は観光地化されてて、それなりにおしゃれではある。
でもけっこう国道を走ったこの場所はなーんにもなく、いきなりこんな洗練されたお店が現れたことに正直びっくり。
天井が高く、リサイクルウッドを白くペイントした細い梁《はり》から、真っ白な丸くて可愛い鳥かごが大小無数に下がっている。
インテリアに凝《こ》ってるわりに田舎だからなのかお値段はあたし達にも手が出るものだった。
「隣のラーメン屋のほうがよかったんじゃない？」
照れ隠しにそう言ってみた。

「ラーメン屋がよかった？　こういうのが好きかと思って」
「好き。大好き」
目の前のフレッシュジュースに視線を落として、それをストローでかき回しながら言った。
「うわ！　今超ドキっとした」
「駒形でもドキっとするんだ」
ずっとこんなにドキドキしてるのはあたしだけかと思った。せっかく、たぶん無理して入ってくれた素敵なお店で、大好きなパンケーキなのに、甘すぎてほとんど喉を通らない。二人で一つにしてほんとよかった。
「ドキっとかいうレベルじゃもうねーっつーか……」
お互いお見合いですか、っていうくらい下を向いてた。
あたしもまともに駒形の顔が見られないけど、駒形のほうも不自然なほどあたしのことを見てくれない。
プールに行った時はあんなに楽しくて、お互い喋《しゃべ》ってばっかりだったのに、気道にものがつまったみたいに息苦しくて、うまく言葉がでない。
つまらないやつだと思われちゃうかな、こんなに黙ってると。
憎まれ口でもいいから喋ってほしいと思うのに、駒形は駒形ですごく口数が少ない。
「いこっか」
「うん」
お互い伝票に手を伸ばしたら、指と指が触れて、お約束のように二人同時にひっこめるという醜態《しゅうたい》。
たぶん真っ赤になって、あたしが下を向いてる間に駒形がもう一度それを取り上げてくれた。
「何やってんだろな俺ら。つかお前真っ赤すぎなんだけど」
「うるさい」
「うるさい、にいつもの勢いがない」
どうやったら勢いが戻ってくれるかな、とおかしなこと考えちゃう。
ひどいこと言われてさっきまでぶりぶりに怒ってた相手だぞ、しっかりしろあたし！
会計をして外に出る。
もう真っ暗だった。
並んで歩くと背の高い駒形の手のほうがあたしのより上にくる。
ふいにプールに行った時の帰りの電車で、お互い寝てるのに手をつないでた不思議な現象を思い出して、あたしはくすっと笑ってしまった。
「なんだよなんかおかしかった？」
「思い出しちゃった。あのプールの帰りにさ。電車の中で手ぇつないでたこと」
「あー。お前あれ、俺がやったと思ってんだろ？　俺マジで覚えねぇからな」
「うん。あたしも覚えないんだよ。不思議だね」
そこで駒形はいきなり立ち止まってあたしをまっすぐ見た。
いままで不自然なほどあたしを見なかったのに、今度は強い意思のある視線であたしを刺す。
「今は、意識してやってる」
「え？」

駒形が、あたしの手を取った。
胸の中に小さな竜巻《たつまき》が起こる。
小さいけど、あたし自身を飲み込むほど威力のある竜巻だ。
「駒形……」
「…………」
あたし達は黙って手をつなぎ、バイクを停めてある駐車場まで歩いた。
手をつないでることがなんだかすごく自然で、あたりまえのことに思える。
駐車場は海沿いにあって、すっかり暮れた海にはいさり火や灯台の灯《あか》りが見え、対岸にはきらびやかな輝きがいくつも並んでた。
たわんだチェーンみたいに連なる光が遠くに見えた。
「あれ、なんだろね？」
「橋だろ。運河とかにかかってんじゃね？」
「行きたいな」
「うん」
そう言って駒形は腕時計に視線を落とした。
あそこまで行って、あたしの門限までに帰ってこられるのかどうか、たぶん頭の中で計算してる。
なんだかおかしくなるな。
おそらく、こういう時女の子のほうが大胆なんだ。
もう怒られてもいいと思ってる。
帰りが何時になってもいいと思ってる。
この、どこか現実離れした駒形との夢みたいな時間が、少しでも長く続いてくれるのなら、もう後のことなんてどうにでもなると、そう思ってる。
「行くぞ」
「うん」
握られた手が、燃えるように熱い。

◇

どのくらいバイクで走ったのか、あたし達は目指してた橋に無事についた。
幅がすごくある川にかかる巨大な近代的な橋。
強い風に潮の匂いが混じってる。
遠くから見えた光は、この橋のライトアップだったらしい。
支柱と支柱の間にかかるワイヤーに点されてるライトは、ダイヤを等間隔にちりばめたネックレスみたいだった。
バイクを橋の中央に停めて、手すりから運河を見渡した。
水面に映る夜景は光の粒になって、さざなみにきらきらと揺れてる。
大きな橋の中央はまるで空中にいるようでどこか心もとない。
でも、怖いほど綺麗だった。
夜空でひっくり返した宝石箱の真ん中に、二人で立っているみたいな錯覚に陥る。
「綺麗だね」
「そうだな」
手すりにつかまってないと飛ばされそうなほどの強風に煽《あお》られる。

一瞬、よろけて駒形の腕に寄りかかってしまうような体勢になった。
「ごめん」
「いいよ、掴《つか》まれよ」
「うん」
さっき手をつないだからなのか、このあまりに出来すぎなシチュエーションに飲まれてるのか、気恥ずかしさが驚くほど遠のいている。
駒形の存在だけを感じる。
二人で手すりから遠くの海に浮かぶ灯りを見てた。
「どっちから来たかな？　さっきあの建物見なかった？」
「どれ？」
「あれだよ。あの先がとんがってて、光ってるやつ」
「えーわかんねえな。どれのこと？」
「そこだと高層マンションの陰かも。こっからのが見える」
あたしは駒形の腕をちょっと引っ張った。
「ね？」
引っ張りながら駒形のほうを向いた。
ら、ものすごく顔が近くにあった。
まっすぐ立ってるあたしと手すりに両腕でもたれかかってる駒形。
身長が同じくらいだった。
え……。
と思った瞬間には、唇が重なってた。
「うわ！」
駒形が小さく声を発する。

自分でキスしといて、うわ！　って何？
でも。
「うわ！」
あたしも全く同じ声を出してしまった。
そこで駒形がおかしそうに口角をあげた。
「マジでうわ！　って感じだよな。今身体が勝手に反応した。俺のせいじゃねえ」
「そう言って逃げるんだ？」
「逃げねーよ。さっきのは俺の無意識。今度のは俺の意識」
さらっと笑った駒形は両手であたしの頭を捕まえた。
さっきの無意識よりずっとずっと丁寧に唇が重ねられた。
こうなることは、もうあたし達が生まれた頃から定められたことなんじゃないかと、いつかここにたどり着くことは決められたことなんじゃないかと、そう思えるほど自然なキスだった。
まるで別の枝から離れた二枚の葉が、舞い降りて同じ場所に落ちるように。
天空で風に乗る二羽の鳥が、いつか近づいて交差するように。
荒野で出会った二頭の野生馬が、警戒しながらもやがては鼻づらをつきあわせるように……。
一度唇を離し、おでことおでこをくっつけるようにして二人で笑いあう。
このまま本当に空が飛べるのかも。
「駒形」
「たぶせ、じゃなく……華乃」

「なんだ翔汰」
そこでまた二人で共犯者のような笑いを漏らす。
あたしは駒形、……じゃなくて、翔汰の首に両腕をまわした。
翔汰の左手があたしの背中にまわり、右手があたしの髪をなでた。
何度も何度もなでた。
「お前のほうを向かねー男なんていねえって。お前に囚《とら》われない男なんていねえ！　そんなのは男じゃねえ」
「あたしはバケモノか！」
「かもな」
ひどいなー、と抗議するあたしの唇を、翔汰が塞《ふさ》いだ。
妖精みたい、と、自惚《うぬぼ》れじゃなければ、吐息《といき》のような呟《つぶや》きがあたしの唇に落ちた。

家に帰って、今日翔汰から返してもらったノートを鞄から出して確認してみる。
最後のページにサインペンで大きく数字だけが羅列《られつ》してあった。
翔汰の、携帯の番号だ。
「絶対ノート写してなんかないって」

◇◇◇北風のささやき◇◇◇

「ねえねえ、最近華乃いっつも駒形と一緒に帰るよね？　つき合ってんの？」
夏休みは、補習だとかちょこちょこ翔汰と遊びに行ったりバイクに乗せてもらったり、で終了し、新学期になった。
一応あたし達受験生だよね？　みたいな話になり、とりあえず一緒に図書館で勉強したりもしたけど、やっぱり二人とも身が入ってるとは言いがたかったかも。
図書館よりそのへんを二人でふらつくことが多い夏休みだった。
「うーん。まあそうかな」
由香が聞いてくるから、思ってることをそのまま伝えた。
今日は由香と美羽と三人で帰る。
駅前に新しい、中身バリエーション豊富なたいやき屋さんができたからちょっとだけ寄り道して帰るんだ。
由香が英語のわかんないところをイトーに聞いてて遅くなり、もう三年生はかなりの生徒が帰宅してた。
廊下はわりと閑散《かんさん》としてる。翔汰ももう帰ったかな。
「まあそうかな、って何？　いつ告られたの？」
翔汰から、つき合おう、的な言葉はいままでない。

でもつき合ってる、で間違いはないはず。
「うーん。告られたりはしてないんだけど、こう雰囲気的に、つき合ってるんだよね」
「えー、そういうのってなんかヤじゃない？　ちゃんとケジメは必要だよ。はっきりさせてきなよー」
と美羽にもせっつかれる。
「そうだよー。都合のいい女にされたりしそうだって」
と由香も。
いやそれはないんだけどな。
なんかこう言葉がいらないのが心地よかったりするんだよね不思議なことに。
一緒に遊んでる時や下校してる時、たまになにげない会話に好きって言葉が全く普通に混じることはある。
でも最初に橋の上で言われた“お前に囚《とら》われない男なんていねえ”ってあの殺し文句がもうあたしには絶対で、別に今さらつき合おうとかなくてもぜんぜんオッケーなんだよね。
「あ、ねぇねぇ、あれって駒形じゃない？」
廊下からまっすぐ階段のある方向に歩いてたら、新校舎に行く渡り廊下の角のところで、美羽があたしと由香の袖《そで》を引いた。
渡り廊下に入ったところで、ちらっと駒形と女の子が一緒のところを見てしまったらしい。
「告白だと睨《にら》んだ」
美羽が壁のところで声を潜《ひそ》めた。
「あの雰囲気はたぶんそうだね。でも人いないとはいえ、渡り廊下とはねぇ。突発的な告白？」
「かもね」
「困ったね。ここ通ったらあっちから見えちゃうでしょ？　女の子がこっち向いてる？」
あたしは背中を壁にくっつけたまま、位置関係を見たらしい美羽に聞いた。
「華乃、何余裕かましちゃってんの？　駒形が後ろ向いてるけどさー」
「うーん。やだね。教室戻ってよっか？」
「華乃ぉー。自分の彼氏の告白現場だよ？　気になんないの？」
「いや、なるけど……。こういうのは覗《のぞ》いちゃダメでしょ」
あたしは一年前、潮東高校で、好きだったクラスメイト、陸に告白して玉砕《ぎょくさい》してる。
だから告白がどんなに勇気がいるものかも知ってるし、それにあたしがいるんだから、翔汰は絶対受け入れたりしない。
女の子が振られるの、わかっててここにいるのも、寝覚めが悪いというか趣味悪くない？
いや、確かに気にはなるんだけど。
「駒形、華乃が来るまで誰にもなびかなかったからねー。どんな反応するのかすごい気になるんだけど」
「悪趣味だってばー」
あたしが美羽の袖をもう一度引っ張った時だった。
翔汰の声が聞こえた。

「悪い。俺、つき合ってるやついるんだよね」
女の子の声が聞こえないのはたぶんものすごく小さい声になっちゃってるからだ。
「なんだ駒形、ちゃんと彼女いるとか言って断ってるよ。よかったね華乃っ」
そう言って由香があたしをちょっと強く渡り廊下から見えちゃう角に押し出した。
「げ！」
予期してなくて踏みとどまれなかったあたしは、告白現場に彼女が出て行く、という振られる女の子にしたらもう最悪としか言えないシチュエーションを作ってしまった。
「えーと、今友達と帰るとこでその、たまたまで、あの、覗いててたたとか、そういうのでゃ——」
あたふた噛みまくってるあたしの側まであっという間に来た翔汰は、あたしの二の腕を掴《つか》んでその子のところへ連れて行った。
「こいつなんだけど」
「やっぱり田伏さんとつき合ってる、んだ……」
知らない女の子だったけど、向こうはあたしのことを知ってるみたいだった。
みるみるその子の目に涙が浮かんできた。
ハンカチを出す暇《ひま》もなく、その子は両手で涙を押さえてる。
あたしはとっさに、自分のポケットに手を突っ込んでハンカチを指し出した。
「あのこれどどどうぞ……。ごめんね。でもあたしも翔汰が好きで……」

その子はあたしの肩に体当たりするような勢いで、廊下を、昇降口とは反対のほうへ走って行った。
「嘘《うそ》……最悪……」
こんな振られ方は辛《つら》すぎると思う。
その子が受け取らなかったハンカチを握る手に力が入る。
「バカっ。デリカシーがなさ過ぎだよっ」
あたしは目の前にあった翔汰の腕を強く叩《たた》くと昇降口に向かって早足に階段を下った。
突き飛ばされて踏みとどまれなかったとはいえ、自分であんなシチュエーション作ったくせに、あたしを彼女として振った子に紹介するとかいう翔汰の態度に本気で頭にきてた。
「華乃、なんだよ」
バタバタかなり急いだのに余裕で追いついちゃった翔汰にゲタバコの前でまた腕をつかまれる。
翔汰は振られたことなんかないんだ。
だから振られる側の痛みなんてわかんないんだ。
「なんで傷ついてる子の傷口もっと広げるようなことすんの？　翔汰は失恋したことも大事なもの失ったこともないんだよ！　だからあんなひどいことできるんだよ」
「華乃どうしたんだよ。なんでお前が泣くんだよ」
泣いてる？　あたし泣いてるんだ。
ほっぺたを触ってみたけど、涙は出てないみたい。
泣きそう、ってことなのかな。
「あんなひどいことしないでよ」
そこで翔汰はつかんでたあたしの腕を離した。

「多少さ、俺に浮かれる気持ちはあったかもしんねー」
「浮かれる？　女の子に告られて浮かれてたの？」
「そうじゃねーよ。浮かれてるかもと思うのは、お前とつき合ってるってことに。でも、中途半端な振り方なんて優しさでもなんでもねーだろ。俺はお前以外の女に興味はねえ。さっきのやつとつき合う可能性はゼロだし。だったらさっきのやつだって現実を見て、早く俺を見切ったほうがいいだろ」
「…………」
あれだけ翔汰に怒ってたのに、今の説明で瞬時に納得しちゃうあたり、あたしって単純すぎるかも。
あたし男を見る目があるんだなーと、変に感心しちゃったよ。
一年前にあたしを振った男、陸も、もう一ミリの可能性も残さない断り方をしたんだ。
だからあたしは、相手の態度を見て自分で判断し、見切りをつけるという多大かつ無駄な労力を使わずにすんだ。
翔汰も、陸も、言い方はきっぱりしてて、そこに優しさはないのかもしれないけど、相手に真摯《しんし》に向き合う断り方をしてる。
優しさがないことが優しさになる場合だってある。
「確かに失恋はないんだけどさ。大事なものなくしたこと、ってのは微妙だな。つか、いままで恋愛どころじゃなかった……。まあ今だってとてもそんな気持ちじゃねーと思ってたのに、なんか突如お前が現れてからは――」
そこでいきなり言い方がごにょごにょしてきたから突っ込

んでやった。
「現れてからは何？」
「恋に溺《おぼ》れた」
「バカっ！」
翔汰の頭をひっぱたく時はジャンプする勢いだよ。
「いってーな。お前が聞いてきたんだろ？　つかなんでお前が振られた女の気持ちとか、そんな泣くほどわかるわけ？」
「もう十七だよ？　振られたことぐらいあるよ」
「……マジで？　告って振られたの？」
「そうだよ」
「お前を振る、ってそいつ正気かよ」
「あたしの友達のことが好きだったんだよ。親友でさ。すごく素敵な子だからしょうがないんだよ」
「お前より素敵な子がこの世にいんのか？」
この男恋愛ボケかな。
最初に会った時、なんのためらいも特別な感情もなく、あたしにめちゃ可愛いって言ったのにも驚いたけど、脳内に浮かんだ文字がほんとストレートに口から出てくる。
そうかと思うと、つき合いましょう、みたいな線引きになる決定的な言葉はすっぽり抜けてる。
「あたしより素敵な子なんていくらでもいるのに」
「いねえ。つか超ムカつくわ」
「ムカつく？」
「帰るぞ」
あっ、由香と美羽、どうしよう。

三人で今日は帰ろうとしてたんだよね。
もうだいぶ時間たつのに降りてこない、ってやっぱり気を使ってるのかな。
「えーと今日はねー」
そう言いかけたところでポケットに入れてあったあたしのマナーモードにしてる携帯が振動した。
由香からラインの着信だった。
「あー……」
携帯を片手に画面に視線を落とすあたしの頭に翔汰の頭がこつんとぶつかった。
「にやけてるよ。華乃ちゃん！　久々にオトモダチと帰るより、俺と帰りたいんだろ。つーか今は俺が一緒に帰りてーわ」
「なんで？」
案《あん》の定《じょう》、由香から届いてた、別々に帰ろう駒形と仲良くね、のライン画面の携帯片手に翔汰に不審のまなざしを向けた。
「俺が超妬《や》いてるから。ムカつくムカつくムカつくっ‼」
「なんで？」
逆じゃないのか？
告白されたのを見たのはあたしのほうで、妬くならあたしでしょ？　と言いたい。
「いいから行くぞ」
翔汰があたしの手を取った。
もう部活してる下級生しかいないとはいえ、校内なのに手をつなぐとか、ないわー、と思った。
「翔汰ぁ」

手をぶんぶん振って抗議してみたけど、無駄だった。
どうなってるんだよー。
緑の多い入り組んだ住宅街、石垣で囲まれた大きい家の裏門は、中から斜めに飛び出した大量の竹が覆いかぶさって鬱蒼《うっそう》としてた。
閉じた門の前まで来ると翔汰があたしを引き寄せた。
ここは人通りも少ないし、ちょっと通路から凹《へこ》んでて見通しが悪い。
見通しが悪いところへ引き込むとは悪いやつだな。
「もう翔汰なんなのよ？」
「お前に好きなやつがいたとか、過去のことだってわかっててもムカつくんだよ」
案の定、きつくきつく抱きしめられる。
好きな人がヤキモチ焼いてとる強引な行動は甘くて、ちょっぴり勝利の味がする。
あたしは初めての翔汰の嫉妬《しっと》行動に酔った。
でもでも翔汰は自分がどれほど強いか知らないんだ？
いままでのあたしの過去は、ぜーんぶ翔汰色の絵の具どころかセメントで上から塗り固められて、もう微塵《みじん》も残ってないのにな。
だからこの、無駄に想いが溢《あふ》れてる翔汰の行動は、あたしを喜ばせてるだけなんだけど。
一度放されてから、照れ隠しみたいな笑い方をする。
愛《いと》おしくて。
可愛くて。
あたしは翔汰の首に自分から手をまわした。

「翔汰といちゃつくと首が痛くなるんですけど」
「俺は腰が痛くなる」
「百八十五ある？」
「そんなにねーよ。百八十とかじゃね？」
「あたしだってチビってわけじゃーないんだけど」
「じーさんになる頃には腰痛になる予定」
そんなにずっと一緒にいてくれる？
それは本当？
もう高校三年も半ばを過ぎてしまった。
もう以前の夢なんか全部吹っ切って、本気でゼロからいろいろ考えなくちゃいけない時期にきてるのに、ただ翔汰の近くにいたいと、それぼかりを願ってしまう。
本当の恋愛ボケはあたしのほうかもしれない。

◇

「わーお！」
家に帰って、ご飯を食べて自分の部屋に戻ったら、携帯にライン着信が入った。
芸能活動に入る前にいた潮東高校の男友達、佐伯からだった。
「彼女ゲット！」
自撮りの彼女と写ってる写真が送られてきた。
あたしの知らない色白で髪の長い可愛い子だった。
佐伯の恋の変遷はラインでつなげてみてると実に面白い。
あたしが潮東高校から転校し、芸能活動を始めた頃のラインは、「慣れたか？」とか「飯食ってるか？」とか、あんたはあたしの親か？　ってくらい心配が溢れてたし、多少の未練も感じさせる内容だった。
それが「俺ってどこがダメだった？」って打ってきた時は正直、こいつまだあたしを諦めてないのか？　って思った。
でも違った。
それは佐伯が、あたしに断られたことを教訓だと考えてて、それを踏まえて新しい恋にスタートを切った書き込みだった。
「1．顔　2．顔　3．顔　4．顔　5．顔」とかあたしがふざけて打った文字を見て強烈に怒ってる佐伯の書き込み。
「お前とは百年間絶交」
でもその後はあたしはけっこう親身に相談に乗ったな。
「波長だと思う。波長の合う相手。いい？　こうシンパシーを感じる！　みたいな。フィーリングとは違うよ？　その時のノリって意味じゃないよ」
あたしは確かに波長が合った、と思った相手のことを考えながらその文章を打った。
空中に浮かぶ橋の上からの夜景と、隣にいた人の温度。
それを思いながらあたしはラインを佐伯に打った。
一年という時間が流れたんだな、と思う。
いつものメンバー。
重ならないベクトルに誰もが苦しんだ潮東高校時代の仲間うち恋愛。
それでもその中で誰も保身にまわる不誠実な態度を取らな

かったからこそ、こうやって時間が流れた今、いい友達に戻れたんじゃないのかな。
佐伯におめでとう、と打ち、あたしも幸せだよー、と探してきた翔汰と写ってる写真を載せてやった。
きっと佐伯は喜んでくれる、安心してくれる。
……と思ったのに。
「1．顔　2．顔　3．顔　4．顔　5．顔　どこが波長だよ！　人にえらぶってアドバイスしといてなんだこれ！お前とは無期限絶交」
超イカってた。
「でへ」
佐伯のイカってるラインを見てにやける。
やっぱり翔汰はあたしじゃない人が見てもかっこいいのか。
イケメン大好きのあたしだけど、翔汰だけは顔で選んだわけじゃない、とはっきり言えるんだけどね。

◇◇◇

夏の気配がすっかり遠のき、合服期間に入った。
受験色が濃くなっていく中、あたしも翔汰もやっぱりそれほど、勉強に身が入らなかった。
翔汰のいたサッカー部は冬に一番大きな大会を控えてて、三年でも全く関係なく部活に邁進してる。
たまにそれを寂《さび》しそうにも、どこかうらやましそうにも見てる翔汰がいる。
翔汰は、もしかしたらサッカー、やりたいんじゃないのかな。

突風の吹き荒れる日、あたしと由香と美羽は三人で、下校のため校庭を横切ってた。
すごい北風のせいで気温が低く、寒さをさけるようにあたしはカッターシャツの上から着てた紺のパーカーの襟元《えりもと》を両手でぎゅっと掻《か》きあわせてた。
翔汰は、校庭でクラスの男子数人とバスケをして遊んでる。
受験うっぷん晴らしによく男子は帰る間際の何十分かを、人数適当バスケにあててる。
「華乃帰んのか」
あたし達三人が帰るところを翔汰が見つけて走りよってきた。
あまりの強風に校庭の砂嵐《すなあらし》がすごすぎて、一度バスケは中断になったみたいだった。
「うん」
もう最近ではあたしと翔汰がつき合ってるのは周知の事実、たぶん学年、ヘタしたら学校中が知ってた。
ちょっと待ってて、と由香と美羽に合図して、あたしも翔汰のほうに寄った。
「華乃さ、あしたってなんかある？」
「ない」
「即答すんなよ受験生」
「じゃあ忙しい」
「あした俺んち来いよ。ちょっと話がある」
「忙しいもん」

“忙しい”をさらりと無視した翔汰に軽い抵抗をみせたものの、あたしの中で明日の予定はもう確定。
その時、校庭を台風か！　ってくらいの砂嵐が巻き上がった。
「うわーん」
砂の細かい粒がじゃりじゃりするよー。
目に入ったらすごく痛そう。
下を向いてぎゅっと目をつぶるあたし。
その時、あたしの頭にパーカーのフードが両手でかぶせられ、それがさらに前にひっぱられ、え……、と思ってる間に唇に柔らかいものが押し当てられた。
離されてから一センチのところで言われた、気をつけて帰れよ、の息遣いが、まだ熱を持ってるあたしの唇にかかる。
視界五メートル、茶色い砂嵐の校庭。
フードの陰とはいえ、クラスメイトがたくさんいるのに堂々とあたしにキスし、翔汰は笑いながら手を振ると自分の友達のほうに戻っていった。
フードをかぶせられたままのあたしが取り残される。
こういう子供っぽいバカなスリルを楽しむ翔汰が愛おしい。
あたしはこんなにドキドキしてるのに、翔汰にとってはただのわくわくするゲームだってことがくやしい。
「うわー。華乃、もしかして今駒形キスしなかった？　視界悪いのをいいことに白昼堂々とやるー!!」
由香が来てあたしの腕にすがるみたいにして身体を揺らす。
あたしは呆《ほう》けてがくんがくんと揺らされるままになる。
つき合いはじめて二ヶ月半。

あたしの“好き”は絶対に翔汰の“好き”をはるかに超えてしまってる。
どうしようどうしようどうしよう。
胸の中の竜巻《たつまき》は大きくなるだけなって、収集がつかなくなるんじゃないかと、めちゃくちゃ怖い。
まだ薄茶色に細かい砂の渦巻く校庭で、無理無理にバスケが始まった。
翔汰の筋張った大きな手から力強いドリブルが繰り出され、地面を叩《たた》く。
あたしは彼一人に見入った。
翔汰の全部が好きで好きで仕方ない。
バスケをする精悍《せいかん》で男っぽい横顔を見ながら、あたしは唇をぎゅうっとかみ締め、胸の中に吹き荒れる熱風に耐えた。
なんかおかしくないか。
あたし達両想いだよね。
翔汰はあたしの彼氏だよね。

◇◇◇

次の日の放課後、あたしは翔汰と帰ることになった。
翔汰の家に行くのは初めてだった。
一緒に乗ってる電車の中で、窓ガラスに映る自分の服装を何度もチェックしちゃう。
前に何かで親の職業の話になった時、翔汰の父親が、日本で有数の巨大商社の取締役だと聞いたことがあった。
きっとすごく大きい家なんだと思う。

制服だからおしゃれのしようもないけど、せめてきちんとした印象にしなくちゃ、と力が入る。
自由なうちの高校は、制服のカッターシャツの上にどんなセーター着ようと怒られないから、みんな結構好きに遊んでる。
あたしもいつもはたいていパーカーとか着てきちゃう。
だけど、今日はもう全くの標準仕様で、ちゃんとブレザーまで着込んでた。
スカートも二つ持ってるほうの長いほうのやつを履いてきた。
このハーフツインテールもどうにかしたほうがいいかな。
ちゃんと二つに結ぶとか、せめてポニテにするか、とかいろいろ考えたけど、そこまですると、がんばってるのが翔汰に見え見えで恥ずかしすぎる。
だから髪型だけはいつものおでこ丸出しのハーフツインテールのままだ。
それでもあたしの標準仕様の制服姿をしげしげと眺めた翔汰は言った。
「お前なんか勘違《かんちが》いしてなくね？」
「勘違い？」
だって家行くんでしょ？　お母さんとかいるんだよね？
「親、まだ帰ってきてねーよ」
「えっ‼」
「うち共働きだもん」
「そうなの？」
取締役の奥さんでも働くんだ。

キャリアウーマンってやつかな。
両親でその商社で働いてるのか、お母さんは自分のやりがいのある仕事を別に持ってるのか。
そんな感じなのかな。
「母親は近所のスーパーでレジ打ちだから、もしかしたら鉢合わせするかもだけど、この時間はまだいねえ」
「そ、そうなんだ」
レジ打ちなんだ。
やっぱり深窓の奥様も、子供が大きくなると手持ち無沙汰《ぶさた》でなんかやりたくなるのかな。
翔汰って一人っ子だよね。
今まで兄弟の話って出たことないもんね。
「お前面白いな。きばってみたり、期待に溢れた顔してみたり、微妙に複雑な顔んなってみたり」
「……何その真ん中の期待に溢れた顔、って。語弊《ごへい》があるように思うんだけど」
「いやいや俺だっていろいろ期待はあるよなー。つかもう最近は期待が忍耐に変わってきてるような……」
「はぁ？」
「いやさー、だから俺だって期待はあるんだよ。でも今日はそういうんじゃなくて」
「俺だって、って何？　あたしに期待はない！」
そこで翔汰の足を蹴っ飛ばした。
「えー。それも俺としては超複雑じゃん。期待してんのは俺だけなの？　そうなのそうなの？」
電車から降りてあたしの指に自分の指を絡めながら翔汰は

にやにやしてる。
「うるさい！」
「およ！　お前も期待してんだなー」
「してっない！」
「だってお前が『うるさい』って力こめて全力否定する時はイエス、って意味だもん」
「ちがーう！」
「ちがわねえよ。ほら顔が真っ赤だもん。その顔色がイロイロイロイロイロ想像しました！　って如実に表してるもーん」
「そんなことないってばー!!　もう翔汰のばかばかばかばかー」
あたしは手を離して翔汰の背中をぽかぽか殴《なぐ》った。
実は、親いない、って翔汰が言った時、そういうことなの？　ってちょっと期待……じゃなくて動揺はした。
最初おとなしく背中向けて叩かれてた翔汰は、途中からケタケタ笑いながらあたしのほうをくるっと向いて両手を差し出した。
勢いあまってそこに飛び込んでしまうと、がっしりしてる両腕が後ろで交差して閉じこめられる。
あたしは後方を固められた。
「華乃可愛いな。俺マジでいろいろ限界なんだけどな」
ため息まじりの翔汰の声が耳元に響く。
「翔汰……、ここ普通の道路で人通るかも、なんですが」
「うん」
その返事に腕の力が反比例した。

変なスリルを楽しむところはあるけど、ここは家への帰り道で、親、もしくはご近所さんが通るかもしれない。
翔汰、ここまでいつもするかな。
いままでふざけてたのに、今の翔汰の“うん”には切ない色が濃いなと思った。
「翔汰、なんか……」
おかしい。
「これをクリアしねーとこれ以上先へは……ずっと一緒にいてーから……」
「翔汰？」
翔汰があたしの頭のてっぺんに頬をすりつける。
こんなに切ない声を出す翔汰は今までで初めてで、あたしは少し不安になった。
どういうことなんだろう。

「ほらついだぞ」
「うわあ！」
目の前にはなんていうの？
白壁がずーっと見えない先のほうまで続く純日本風の、立派なお屋敷があった。
片方の大きな松の枝がにょろーっと反対側に向かって伸びている、確か門かぶりの松とかなんとかいう格式高い、それでメンテナンスにもお金かかりそうな手法で入り口を装飾なさっている。
あたしが立ち止まってその大きな松を見上げてたら翔汰が頭をぱこっと叩いた。

「わりーけどそっちじゃねーよ」
「え？」
翔汰が向かったのは、その家の真向かいにある公団ちっくなアパートだった。
四階建てでエレベーターがない。
築三十年とか四十年とか、充分そのくらいはたってそうな感じにみえる。
「ビックリした？」
「いや……」
翔汰はあたしの頭を優しく引き寄せて階段に足をかけた。
翔汰がどんな家に住んでても翔汰だけど、正直ちょっとビックリした。
大きな商社の取締役の息子だと思ってたから。
思ってたから、っていうか、そうなんだよね？
翔汰はバイトしてないけど、最近買ったっぽい400のバイクだって持ってる。
バイクの値段なんてよくわからないけど、おそらく何十万って単位だと思う。
けっこうなお坊ちゃまなのかな、と思ってた。
それでこの公団アパートって不思議だな、とは思ってしまう。
翔汰の家は三階で間取りは３ＤＫなんだと思う。
２ＤＫのところを無理に、一部屋を二つに分けたような印象がある。
翔汰が言ったとおり、お母さんはいなかった。
狭いけど、綺麗に片付いてる。

入ってすぐのところにあるキッチンの窓枠の上には、たぶんベランダから切ってきたかなんかだとおぼしき鮮やかなグリーンが、コップにさして飾ってあった。
「ここ入ってテキトー座ってて。なんか飲むもん持ってくるから」
「うん」
翔汰がキッチンに向かった間に部屋を見渡す。
翔汰の香りが濃縮されたような翔汰の部屋だ。
たぶん三畳くらいの狭い空間。
あるのは机と本棚だけだった。
押入れに布団は収納してるのかな。
でも押入れがない。
やっぱり一部屋を二つに区切って使ってるってことなんだろうか。
公団住宅をリフォームしてもいいのかな。
あたしがいろいろ疑問に思いながら、きょろきょろしてると翔汰が麦茶を二つ持って戻ってきた。
「公団型だけど、安く買い取ってんだ。だから改築してて変な間取りだろ？」
「変なんてことはないよ」
麦茶を机の上に置くと翔汰は畳《たたみ》にあぐらをかいた。
「座れよ」
「うん」
あたしは翔汰の正面に正座した。
「華乃あのな。話しときたいことがあってさ」
「うん」

「なんだその座り方。なに姿勢正しちゃってんの？」
「え、ああ……」
「膝くずせ」
「うん」
なんとなくこういう姿勢になっちゃうのは翔汰の雰囲気のせいだ。
何か重大なことをあたしに告げようとしてるような、こう、決心みたいなものが、そこはかとなく見え隠れする。
それでその重大なことは、すごく言い出しにくいことなんだ。
まさか、いきなり別れ話じゃないよね？
だってさっきまで親いないから期待するとかしないとか言ってあたしをからかってたもん。
「なんか、言い方が難しいんだけど」
「う、ん」
「何度も言おうとしたんだけど、重いし……。どう説明したらいいか難しくて」
「うん」
「もう見たほうが早いかと——……」
そこで翔汰は立ち上がって本棚のほうに近づいていって、薄い、カメラ屋さんがサービスでくれるようなスナップ写真用のアルバムらしきものを取り出そうとした。
他の本と本の間に挟まってたそれの角をちょっとだけ引っ張り出したところで、制服のポケットに入ってた翔汰の携帯が鳴った。
「うわ！　びびったー」

そう言って手をポケットに突っ込んで携帯を取り出したものの、翔汰は電話に出るのをためらってる。
「変だな、あいつ部活じゃ……」
「翔汰出てよ」
「うん」
「ほら切れちゃうってば」
液晶に浮かんでるのは前にちょっとだけ喋《しゃべ》ったことがあるサッカー部の辻倉くんだった。
「悪い。そんじゃちょっと」
そう言って翔汰は電話に出た。
「おう——……え？　なんだよ？　——はぁー？　俺今取り込んでんだけど。バッカちげーよっ!!　えーマジかよ他に誰かいねえのかよー。もー。えー、もーえー、もうっわかったよっ!!」
そこで翔汰は電話を切った。
「辻倉くんでしょ？　なんだったの？」
「あいつ昨日捻挫《ねんざ》して部活休んでんだって。そんでこの近くの整骨院に通ってんだけど、サイフ落としたんだってよー。そこに定期とか全部入ってて電車乗れねーから、俺に金持って来いだってよ」
「いいよ、まだお母さん帰ってこないよね？　行っておいでよ」
「ごめんな華乃。あいつもサッカーばっかやってるから友達がサッカー部にしかいなくて。みんな今部活中じゃんか？」
「いいって。青葉西のサッカー部は休みもないんだからそんなもんでしょ。ここの駅？」
「いや、いっこ向こうの駅。バイクで行ってくるわ。すぐ戻るからちょっとだけ待ってて。親まだ二時間は帰ってこねーと思う」
「さすがにあたし一人いたら不審だもんね」
「あー、それは、うん。別の意味で卒倒……」
「え？」
「いや……。すぐ戻るから。ダッシュで行ってくるから」
「いいよダッシュじゃなくて。危ないから安全運転で行ってきて」
「悪いな」
翔汰は机の上からバイクの鍵らしきものを取り上げると、足早に玄関に向かった。
翔汰が行ってしまうと急に手持ち無沙汰になってしまい、あたしは携帯でしばらくゲームをやった。
ゲーム、途中だけどちらっと本棚のほうを見る。
「気になるんですが」
さっき翔汰があたしに見せようとしてた写真のアルバムの角が、本と本の間から斜めにちょこっと飛び出てる。
見せようとしてたんだから見てもいいかな。
翔汰に帰ってきて何か言われた時にあらかじめ見ておけば、衝撃が少ないかもしれない。
予感のようなものがあったんだ。
あたしはすごく動揺する。
動揺なんてもんじゃないほど、たぶんショックを受ける。
それなら、いっそ先に見ておけば、翔汰の前で取り乱さずにすむんじゃないか、って。
あたしは立ち上がってその薄いアルバムを本棚から抜き取った。
一度、目をつぶって、えいっ！　と掛け声を出した。
罪悪感と不安で指がかすかに震える。
目をそろそろと見開くと、中には数枚の写真が、アルバムのポケット部分に収まってるわけじゃなく、挟みこまれたままになってた。
「えっ……」
そこには病院のベッドの上にいる女の子と、その側に立ってる翔汰が写ってた。
自撮りじゃなく第三者が撮ってるかセルフタイマーか。
あきらかに最近、少なくともここ一年以内くらいに撮られた写真だ。
翔汰が今の翔汰とほとんど変わりがない。
でも、翔汰は青葉西のサッカー部のユニフォームを着てた。
試合とか練習から直接病院に駆けつけたみたいに胸のあたりに泥がついてる。
二人でベッドサイドで笑ってる写真とか……。
翔汰が女の子の肩に手をかけて二人でこっち向いてる写真とか……。
あきらかに翔汰の、彼女だ。
翔汰に彼女がいた、それは仕方ないことだと思う。
もう十七だし、あんなにかっこいいし。
「でもこんなの嘘《うそ》だ……」
翔汰の隣で笑ってる、もう色白とかいうレベルじゃないほど真っ白な、紙みたいな女の子は、……あたしにそっくりだった。
もう瓜二《うりふた》つだったんだ。
ショートにしてる彼女と、髪の長いあたし、違うのはそれくらいだった。
「か、彼女……って決まったわけじゃ……」
何かわけがあるのかも。
たた、例えばおさささななじじみ、とか……。
たまたま病院で知り合って……。
だって彼女だったら今翔汰の隣にいるのはこの子なわけでしょ？
別れたの？
あたしと知り合ってつき合ってから、翔汰に女の子の影なんてぜんぜんなかった。
誰かのお見舞いに行ってるとか病院に出入りしてる様子もなかった。
そこであたしは最後の一枚に目を落とした。
「嘘……」
たぶん病院の無菌室とか集中治療室とか、そういう特別な部屋をガラス越しに撮ってる写真だった。
頭に水色のヘアキャップみたいのをかぶって、酸素マスクをして、目を閉じてまっすぐに横たわってるさっきの女の子。
全くって言っていいほど、生気がなかった。
後ろには心電図のモニターが弱い光を発してる。
なにこれ？

どういうこと？
いいいい生きてる写真なの？
あたしは写真を裏返した。
香織《かおり》　4・17
日付の前に書かれた年は今年の西暦だった。
「かおり……」
バサバサとあたしの手から写真が畳の上に落ちた。
「い、いけない」
これはきっと翔汰にとってすごく大事な写真。
でもそんな……まだ彼女だって、決まったわけじゃ……。
…………。
あたしは写真をもとの通り、アルバムに挟んで本棚に収めた。
それからスクバを取り上げた。
玄関に出てローファーを履く。
もう頭が真っ白、っていうのはこのことだ。
あたしの身体は、まっすぐ転げそうなくらい駅にむかって走って行って、ちょうどホームに入って来てた電車にとび乗った。
向かった先は自宅じゃなく高校。
青葉西高校だった。
もう部活をしてる生徒以外は帰宅してる。
たいていの部活は三年生引退の後だから、あたし達の校舎は閑散《かんさん》としてた。
そこを抜けて職員室に一直線に向かう。
ノックして入ると、先生もほとんど帰宅した後だった。

「どうした君は？」
あたしの知らない先生が声をかけてくれた。
「勉強の質問です。担任の伊藤先生に質問があるんですが、先に職員室に行って待っていなさい、って言われました」
「え？　伊藤先生はもう帰宅したはずだけど、おかしいな。どこかで会ったのか？」
「部活に顔出してました。廊下ですれ違ったんです」
「そうか……まあいい。それじゃ伊藤先生の机のところで待ってなさい」
「はい」
その先生は伊藤先生の席を示した。
何度か来たことがあるから、伊藤先生の席は知ってる。
先生の席の隣に簡易の折りたたみ椅子《いす》を持ってきて座る。
ちゃんと伊藤先生を待ってるみたいに見えるよね？
見渡すと、もう教員は３人しか残ってなかった、みんな帰ったか部活の指導だ。
誰も、あたしに注意を払ってる様子はない。
同じ並びの机に、残ってる教員がいなかったのはラッキーだった。
あたしは音がしないようにゆっくりと、伊藤先生の机の引き出しを開けた。
一番上だった確か……。
後ろにいる先生達に注意を払いながら、顔の位置を動かさないようにして、何枚も入ってるプリント類を用心深く片手でめくりながら、横目で一枚一枚確認した。
「あった」

コピーだけどこれだ。
あたしはその紙を素早く膝の上に置いてから引き出しをしめた。
前に、由香と美羽と、生徒の連絡先の清書を頼まれた時の紙だ。
あの時は、たぶん出席番号とメールアドレスしか書いてなくて、誰が誰のものだかわからなかった。
あの時、リア充いいなーと思った、自分のメールアドレスに女の子の名前を入れてた男子……。
あの女の子の名前、あれは……。
あの時はわからなかったけど、あたしは今翔汰の出席番号を知ってる。
もし、名前が書いてなかったとしても……。
祈るような気持ちになる暇《ひま》もなく、あたしの上に現実が落ちてきた。
７．駒形翔汰　××××××kaori@××××××……
kaori kaori kaori
もう。
疑う余地がなかった。

あの子は、翔汰の彼女だったんだ。
ラインでばかりやり取りをしてるあたしは、翔汰のメールアドレスを、知らない。

絶望は、滑稽《こっけい》に似てる……。
だってあたしはきっと今笑ってる……。

あたしの手から生徒の連絡先を書いたプリントが滑り落ちる。

死んでしまった翔汰の彼女。
その子にそっくりなあたし。
なーんだ、そういうことか、とおかしくてたまらない。
最初に会った時、翔汰があたしに抱きついたのは痴漢《ちかん》行為なんかじゃない。
彼女が戻ってきてくれたんだと、そう錯覚したんだ。

あたしはあの子の、香織さんの代わり。
翔汰が何度も何度もあたしを可愛いと言った。
翔汰の手が何度も何度もあたしの髪をなでた。
翔汰の熱っぽい唇が、何度もあたしに触れた。
違ったんじゃん。
全部違ったんじゃない。
翔汰が見てたのは、触れてたのは、あたしじゃなくて、香織さん。
身体に力が全く入らない。
骨に力が入らない。
視界がぐにゃぐにゃするよ。
あたしが今まで見てきた風景は何？
あたしと翔汰、あの橋の上で感じた奇跡のような一体感は幻想？
あたしに今まで、これ以上ないほど優しく触れてきたあの人は誰？

あたしはたぶん椅子から滑り落ちてる……。
プリントだけは返さなきゃ。
「君、どうしたんだ？」
床って背中にあると硬いな、変に感心したのが、たぶんその時の最後の意識だ。

◇

次にあたしが目をさましたのは、消毒液の匂いのする保健室のベッドの上だった。
おじさん先生ばっかりだったけど、あたしを運んで大丈夫だったかな。
もしかして担架《たんか》かな。
うん、きっと担架だ。
地面と平行に寝かされて揺られてたような気がするもん。
やだよ。
おじさんなんかがあたしをお姫様だっこするとか気持ち悪いもん。
そういうことされたいのは……。
「翔汰だけなのに……」
夢？
翔汰の家であのアルバムを見たところから全部が夢？
ひょっこり翔汰がここに現れて、華乃何やってんだよ。
俺すぐ帰ってきただろ？
アルバム？
何の話だよ、って笑って。

それでいつもみたいに、おー保健室都合いいじゃん、とか片側の口角を上げてあたしをエロい目で見てくるの。
でもそのわりに何もしないの。
……夢の訳はないんだ。
それはわかってる。
あたしはきちんとこの現実を受け入れなくちゃならない。
翔汰が好きなのはあたしじゃなく、死んでしまった香織さん。
香織さんが生きてた頃、翔汰は立派なことにこの強豪校サッカー部の主力フォワードだった。
前に河川敷でサッカー部の三人と喋《しゃべ》ったことがある。
その時佐久くんは、確か翔汰が部活に出なくなったのはあたしが来るちょっと前、とか言葉を濁《にご》してた。
三年になってもまだ翔汰は部活をやってた。
あの最後の集中治療室か何かの写真の裏に書かれてた日付。
４・17。
きっと、あの日付からそう遠くない日に、香織さんは亡くなったんじゃないのかな。
それから翔汰はサッカー部を辞めた。
無期限の休部だって言ってたけど、きっとまわりは翔汰の気持ちを汲《く》んで、立ち直って戻ってくるのを待ってる。
落ち込みきって、部活も辞めて、かといって受験勉強に没頭することもできない状態の時に出会ったのがあたし。
香織さんにそっくりなあたし。
あたしは狭いベッドで寝返りを打った。
唇があたしの意思に関係なくぶるぶる震えて、涙が頬を伝って耳に入った。
「翔汰……」
翔汰、翔汰、翔汰……。
翔汰が見てたのがあたしじゃないってわかったからって、簡単にこんな強い想いが消える？
消えるわけがない。
翔汰は今日、あたしにあのアルバムを見せようとしてた。
見せて一体何を言おうとしてたんだろう。
ごめん、実は俺が好きな子はこいつで、お前は身代わりだよ、って？
違うよね。
翔汰はそんなことは絶対に言わないし、もしかしたら自分でそうだとは思ってないのかもしれない。
亡くなった恋人にそっくりな子が、今の彼女のあたしだってことは、いずれ長くつき合ってれば知れることだと思ったんだよね。
だったら自分から言ったほうがいい。
きっと翔汰はこう言うつもりだったんだよね？
似てるけど、香織とお前は別の人間として好きなんだよって。
「翔汰ぁ……」
でもそれこそ錯覚なんだよ。
翔汰はあたしに香織さんを見てる。
そうやって翔汰は立ち直ったんだ。
あたしと出会う前の彼がどんなだったのかは知らないけど、今の翔汰に、恋人を亡くした悲しいかげりなんか探せない。

だって翔汰の近くには、今でも彼が愛した人がいて、その人は今でも翔汰にものすごく夢中なんだもん。
ベッドの上に半身起き上がる。
「ふぅ…う…」
シーツを握りしめた拳《こぶし》に涙がぼたぼたと落ちていく。
……真実を知っちゃったあたしはどうすればいいのかな？
力を入れて唇をかみ締める。
一番辛《つら》いのは誰？
一番辛いのはあたしじゃない。
一番辛いのはあたしの好きな人だ。
あたしの好きな人は生きてて、あたしの好きな人が本当に好きな人は死んでしまった。
だったら、だったら、あたしがその人の代わりにこれからも、いままで通り近くに……。
……あたしにそんなことができるのかな。
こんな自分本位に育ってきたあたしに、そんなことができる？
翔汰が見てるのは、触れてるのはあたしじゃない。
あたしを通して他の人を見て、他の人に触れる。
これからもずっと……。
やって、みせなきゃ。
せっかく翔汰が立ち直ったんだ。
あたしはこれまでも、いろいろなところでいろいろな人に迷惑をかけた。
これがその報いなんだ。
あたしはのろのろと、スクバから携帯を出した。

すごい量の翔汰からのライン。
翔汰からの電話。
帰ったらいきなりいなくなってたんだから心配するよね？
きっとあのアルバムを勝手に見ちゃったこともバレたよね？
動揺しまくってたから、翔汰が引き出したその形跡のまま、本と本の間に斜めに入れる、なんてそんな配慮はしなかったもん。
ただ大事なものだから片付けなくちゃ、とそれだけはどうにか思ってて……。
でも場所もよく考えず突っ込んだだけだった。
翔汰からのラインを開く。
“話がしたい”
“今どこにいる？”
“なんでいなくなったんだよ”
“ちゃんと説明がしたい”
着信の留守録も全部そんな内容だった。
翔汰はやっぱりあたしがあのアルバムを勝手に見たことを知っちゃってるんだ。
電話しよう。
しなくちゃ、と思うのに……。
どうしても指が動かない。
あたしより翔汰のほうが辛い。
そう思ってもどうしても、どうしても気持ちの整理がつかない。
あたしはラインで、今の気持ちを正直に伝えた。

「翔汰ごめんなさい。あたし、翔汰が見せてくれようとしてたアルバム、勝手に見ちゃったの。今はどうしても気持ちの整理がつかない。時間ください」
必ず翔汰のところに戻るから。
そう打とうとして指が止まり、その文字を画面に入れることはやめた。
送信したらすぐに既読がついた。
すごい速さで返事がきた。
「時間ってどのくらい？　話だけでも今すぐ聞いてくれ」
電話がかかってくる前に、あたしは翔汰のラインIDをブロックした。
「帰らなくちゃ……」
頭が痛くてもう何も考えられない。
とにかく今はダメなんだ。
ちょっとだけ休んだら、あたしきっと翔汰のところに戻るから……。
さっきまでそう思ってたんだけど、翔汰にラインを打ちながら、果たしてそれは正しいことなんだろうか？　って感じてた。
保健室のドアが静かに開いた。
さっき職員室にいた先生のうちの一人だった。
「大丈夫か？　何年何組の誰だ？」
「三年六組の田伏華乃です。もう大丈夫なので帰ります」
「大丈夫なのか？　一人で帰って」
「大丈夫です」

◇◇◇教室の涙◇◇◇

とぼとぼと学校から駅に向かう。
いつも翔汰と帰ってた道。
翔汰にじゃれついて、人がいないと手をつないだり腕くんで甘えたりした。
まだ真冬には遠いのに今日はやけに寒いな。
いつものパーカーじゃなく、学校指定のブレザーまで着てるのにな。
「——……さーん」
遠くから誰かを呼ぶ声がするような気がした。
最終の部活もそろそろ終わる時間なのかな。
翔汰とつき合う前、彼がサッカーするところを初めて見た河川敷の上の土手に差し掛かった頃、また後ろで声がした。
「——せさーん」
人が走ってくる足音がする。
うちの学校の生徒かな。
っと、いきなりあたしの身体に何かがぶつかった。
タタラを踏みました。
ってカンジ。
「田伏さん、歩くのはえー」

「佐久くん……」
こんな時に翔汰の友達に会うなんて。
サッカー部がちょうど終わったのかな。
「なんか田伏さん、翔汰と喧嘩してる？」
「え？　なんで？」
「や、部活終わって携帯の電源入れたら、翔汰から連絡来てて。俺だけじゃなくて特に部で仲良かったやつんとこ何人も。華乃学校いないか？　見たら連絡くれ、って」
「……そうなんだ」
「瞬とか痴話《ちわ》喧嘩だろほっとけ、って言うんだけど、俺、女の子絡むと結構気にしちゃうタイプでさー。学校でちらっと田伏さん見かけたけど、喧嘩だったら翔汰に連絡するより先に田伏さんに聞こうと思って」
「え！　そんな気ぃ使ってくれたの？」
「俺って常に女の子の味方なのよ」
「気にしなくていいのに。喧嘩ってわけじゃないんだ」
「探してるみたいだから、行ってやれば？　あいつ女のことでこんな必死んなったことねーし」
「佐久くん」
「ん？」
「翔汰さ、なんでサッカー部辞めたのかな」
あたし、この期に及んでなに自分を追い込むようなことしてんだろ。
答えなんて決まってるのに。
「辞めたってわけじゃないんだけど……。聞いてみた？」
そう言いながら、佐久くんはちょうど河川敷のサッカーコートが見下ろせる場所に置いてあるベンチにドカっと座った。
仕方なくあたしも横に座る。
「なんとなく、聞いちゃいけないような気がして聞いてないんだ。誰にでも聞かれたくないことってあるでしょ？」
「そうだな」
「上手かったんでしょ翔汰」
「上手かったよ。うちのサッカー部は全国までいく常連でさ、翔汰はキャプテンだったし、主力フォワードだった」
「そ、そうなの？　え？　キャプテンだったの？」
翔汰がキャプテン。
しかもそんなに強かったんだうちのサッカー部。
いや有名だけど、あたしはサッカーに全く興味がなかったから。
キャプテンで主力フォワードなのに辞めるほど、香織さんの存在は翔汰の中で大きかったんだ。
「瞬、っているじゃん。俺らの友達の三浦瞬」
「え？」
いきなり佐久くんが関係ない人の話題を持ち出してきて、頭がこんがらがった。
「うちのサッカー部は国立でも優勝したことあるマジすごいとこでさ。つえーやつがわんさかいるわけよ」
「う、うん」
今関係あるの？
翔汰にこの話。
「そんな中でも翔汰のセンスはピカイチだったわけだけど、

全くいろんなことに逆方向にピカイチなやつがいてさ。それが瞬なんだよ。こないだここで会ったろ？　三浦瞬」
「うん」
「瞬は自分が得点するとか、何ゴール決めるとか、そういうことにまーったく興味のない男でさ。チームが勝てればいいわけよ。サッカーしてれば楽しくて楽しくてしょーがない、みたいなさ。まあ自由すぎてあれはあれで大変だった時もあんだけどな」
「はぁ……」
「でも翔汰は違ってさ。俺は翔汰とは高校入ってからのつき合いだけどお互いガキの頃からサッカーやってたから、顔見知りではあったな。瞬とクラブでつるんでたから、高校で翔汰と一緒にプレーするようんなって、あまりの、こう……瞬とのサッカーに対する意識が真逆で最初正直戸惑ったわ。あー、瞬と翔汰は小学校も中学も一緒なのな？」
「そうなんだ。サッカーの意識？　翔汰は……」
「あいつは見せることにこだわる。とにかく自分が得点すること、目立つこと。そんでそれだけの技量もあった。すげーストイックで瞬の楽しんでやるサッカーとぜんぜん違ってさ。こいつ楽しいのかな、と思ったこと何度もあるわ」
「楽しくなかったのにやってたってこと？」
「わかんねーなー。瞬とホントいろんなことが面白いほど逆でさ。瞬はガキの頃から有名なクラブチームに籍があって。あ、俺ともそこで知り合ったんだけどな。翔汰はそんな金のかかるチームじゃなく、ホント地域のお父さんがコーチです！　みたいなとこの出身なんだよ。そんでユースも金銭的に無理で、県立高校のサッカー部なわけよ。そこからJリーグ入りを狙ってた」
「Jリーグのことまで……。それに仲よさそうに見えるけどな三浦くんと翔汰って」
翔汰の口から佐久くんや辻倉くんと同じように、三浦くんの名前って結構出るけどな。
「仲いいよ。真逆のくせに昔っから妙に仲いいな。お互い立場や意識を超えたとこで認め合ってる、みたいな、さ」
「はぁ……」
しかしそれって翔汰が部活を辞めたことと関係あるのかな。
あたしから香織さんの名前って出しにくい。
ってことは佐久くんもその名前は出しにくいのかな。
そんなにサッカーに対してガツガツしてて、フォワードでキャプテンだった翔汰から情熱を奪うほど、香織さんの存在は大きかったってことなんだろうな。
でもいろいろ疑問だな。
翔汰の家はお金持ちなんじゃないのかな？
父親は大きい商社の取締役。
佐久くんだって三浦くんだって普通の家の子供だろうに、親は息子の才能を開花させるために金銭を出すことを惜しまない。
翔汰の家は違うの？
翔汰は小さい頃からサッカーセンスが群を抜いててもクラブチームにもユースにも在籍したことがない。
ずっと地域密着型の、経験のある親がコーチをやるようなチームにいたんだね。
「佐久くん、香織さん……って知ってる？」
ぎゃ！
あたしってばぼーっと考えてたらなんという直球。
「ああ。ずっと入院してたんだろ？　俺は会ったことないけど瞬は会ったことあるんじゃねーの？　あいつら中学一緒だし」
「中学……」
中学の頃からつき合ってたんだ。
少なくとも三年。三年も！
「ショックだったんだよね」
「そりゃーなー……」
「香織さんの、せいだよね？　やっぱり翔汰がサッカー部辞めたの」
「そうだな。もうなんのためにサッカーやるのかわかんなくなったんだと思う。責任感は強いからさ、あいつキャプテンだったし。あのことがあってからも、責任だけで無理して練習出てたんだよ。んでもずっとすげえ頭痛だったみたいでトイレで隠れて吐いてさ」
「…………」
「練習中たびたび抜ける翔汰を不審に思った顧問が見つけたんだよな。もうお前無理すんな、ちょっと休めって。辞めてねーよ。休部。戻ってくる。別にサッカー以外んとこではいたって普通だったしな。必ず戻ってくる」
「…………」
「その要になってんのが田伏さんなんだと思うよ」

「え……」
「翔汰も背負ってるもんが多くて難しいやつだからさー。背負ってるもんがまるでない自由人の瞬を引き合いに出して、比べてみて、こういうやつだけどよろしくね、って説明したつもりだけど、上手くいってるかな」
「…………」
あたしは下を向いて親指で人差し指の透明ネイルをはがした。
「こないだ翔汰、ここでサッカーやってたもんなー。休部してからサッカーやってるとこ、初めて見たわー」
佐久くんは両手をベンチの後ろについて、身体をのけぞらせて、伸びをするみたいにしてそう言った。
「そう、なんだ」
佐久くん、翔汰の彼女だった香織さんのこと話すの、ぜんぜんあたしに悪いと思ってない。
身代わりにされてるあたしをかわいそうに思ってない。
会ったことない、って言ってるからあたしが香織さんにそっくりなこと知らないんだ。
翔汰がどうしてあたしを選んだのか知らないんだ。
亡くなった恋人のことを思い出にして、新しい彼女ができて、ずっとがんばってきたサッカーができなくなるほどの傷が、癒え始めてる、もうすぐ部に戻ってくる、そう信じてる。
「佐久くん」
「ん？」
「翔汰にさ、あたしと会ったこと、言わないで」

「やっぱ喧嘩してんだ？」
たいして驚きもしないで佐久くんは言った。
「いろいろ考えたいんだ」
「いいよ。あいつ、なーんか超必死だけど、俺は別にぜんぜんいいよ。つかムカついてたんだよ。翔汰といい瞬といい俺を差し置いてリア充とか！」
そこでこっちを向いて佐久くんはニカっと笑った。
「ありがと」
「んじゃ俺ちょっと学校戻るわ。三年のやつらまだ部室で今度の試合のことごちゃごちゃ作戦練ってるから。みんなにも田伏さんに会ったことは黙っとくからさ。田伏さんももう帰れよ。そのうちサッカー部のやつらここ通るし」
佐久くんが立ち上がったところであたしがもう一度声をかけた。
「あ、佐久くん」
「ん？」
「ちょっと待ってこれ」
あたしはスクバからノートを出してきてそれを一枚ちぎり、自分の携帯番号を書いた。
データの交換がしたかったけど、学校を抜けてきただけの佐久くんは手ぶらで携帯を持ってなかった。
「これあたしの連絡先。これでラインつながるよね？　翔汰と、しばらく距離置こうと思うの。仲介役になってくれる？　あ、めったなことじゃお願いしないから。どうしてもの時」
「ラッキー」

ラッキー？
あたしの連絡先もらえてラッキーなの？
あたしのこと好きなの？
怪訝な顔するあたしに佐久くんはバツの悪そうな顔して笑った。
「間違えた。オッケー、だった」
あたしもつられてちょっと笑った。
間違えすぎにもほどがあるよ。
癒しのわんこ系男子だな佐久くん。
手を振って去っていく彼に手を振りかえし、あたしは群《ぐん》青色《じょういろ》の空を見上げた。
星がぽつぽつ出てる。
その星の弱い輝きにつられるように立ち上がった。
最初の衝撃が今は哀しみと痛みに変わってる。
身代わりにされてるのに、不思議なほど翔汰にたいして怒りが湧いてこない。
翔汰はたぶん香織さんとあたしは別だと、自分に納得させて、あたしを側においてる罪悪感から逃れてる。
そうじゃなきゃ、そんな非情なことできる人じゃないもん、って思うのは惚《ほ》れてる弱みかな。
少なくともあたしを香織、と呼び間違えたことは一度もない。
翔汰の傷が癒えるなら、立ち直るのなら、辛《つら》くても一緒にいる意味あるのかなと思ってたけど、それってどうなんだろう。
今はわかんないや。

あたしと一緒にいる限り、翔汰はずっと香織さんに囚《とら》われたままなんじゃないのかな。
あたしじゃない、香織さんとはなんの接点も類似もない女の子を好きになって初めて翔汰は解放されるんじゃないのかな。
「わか、れる」
別れるなんて、好きで、望まれてもいるのに別れるなんて……漫画やドラマの中だけで起こることなんだと思ってた。
「翔汰」
初めてできた大好きな大好きな彼氏。
昨日までくだらないことで当たり前の高校生カップルと同じようにじゃれあってた。
翔汰が大事にしてるあの真っ黒の400のバイクには、あたしとつき合う前、バイコというしょーもない名前がついてたらしい。
それがいつの間にかハナノ、になってた。
お前に乗れないからこっちのハナノで我慢してんだよ、とか笑ってたのに。
それであたしが怒ってぽかぽか叩《たた》くと、どうしてお前はそう凶暴なんだよ、男なんだから好きなやつとヤりてーと思うのは当たり前だろ、って……昨日までそう言ってたのに。
エロいくせに絶対無理じいするようなことはなくて……あんなに優しかったのに……。
だめだ。
思い出すとどんどん翔汰が溢《あふ》れてくる。
笑顔は夏の真昼の太陽みたいで。

照れてる顔は遮るもののない海辺の夕焼けみたいで。
ムッとしてる顔は青白い月明かりみたいで。
でもどんな顔の時でもそこに愛はあった。
いつでも翔汰の表情にはあたしへの恋心が隠されることもなく居座ってた。
あたしはただのフィルターで、そこを通して翔汰の想いが別の場所へ流れてたなんて、考えたこともなかったよ。
「でも好きだよ翔汰」
無くなっていかない恋心。
一グラムも減ってはくれないあたしの恋心。
翔汰の細いけど大きくて筋肉質な身体。
あたしを抱き寄せるとふわっと香る男っぽくて爽やかなムスク系のボディミスト。
実は男の子が好きそうなグロい映画もホラーも苦手。
犬や猫は好きだけど、公園の鳩にビビったりする。
おかしなもんだな。
運動神経のいいところや決断力のある竹を割ったような性格、かっこいいところは萌《も》えポイントで、意外に怖がりなかっこ悪いところはギャップからくる胸きゅんポイント。
結局全部が翔汰で、あたしはその全部が好きなんだ。
あたしから、ううん、翔汰は香織さんから、解放されるべきなんじゃないのかな。
まだ十七だよ。
亡くなった人に囚われて生き続けるには翔汰は若すぎる。
そんなことをぐだぐだずっと考えながら、あたしは駅まで歩き、電車に乗って、家の近所まで帰ってきた。

「嘘《うそ》……」
幹線道路から舗装道路に入り、そこから先は居住者だけの私道という場所。
あたしんちのある私道に入る手前のガードレールに、背中をまるめて腰掛けて、翔汰がぼーっと空を仰いでた。
胸がはっきりきゅんと鳴った。
こんなに好きなのにな。
幸いなことに相当放心してるのか、あたりが真っ暗なこともあってか、まだあたしに気づかない。
あたしはそーっときびすをかえした。

翔汰から離れると、あたしは携帯を取り出して、前にいた潮東高校の親友、萌南のところに電話をした。
「萌南？　あたしだよ華乃。ねえ今日、泊まってもいいかな」
萌南はいきなりでびっくりしてたけど、快く、いいよ、と言ってくれた。
萌南の家はお父さんと萌南の二人暮らし。
気さくなお父さんでわりと気軽に泊まれちゃう。
萌南に了解が取れたら今度は自分の家だ。
あたしはママに今日は萌南の家に泊まることを告げた。
それから携帯を確認すると、気づかなかったけど佐久くんが一度電話をくれてた。
それを登録して彼とラインをつなげた。
こんなに早くこれを使うとは思わなかったな。
あたしは佐久くんにラインで、しばらく友達の家に泊まることを、翔汰に伝えてくれるように頼んだ。
あのままじゃ翔汰はいつまであたしを待ってるかわからない。
学校は……どうしよう。
気持ちの整理ができたら、ちゃんと翔汰に伝えよう。
……気持ちの整理、って何？
あたしが翔汰と別れる決意のこと？
わからない。
もうなんにも、なんにも考えたくない。

◇

萌南に会うのは久しぶりだった。
萌南も大学進学のために今は受験勉強中。
「きゃーっ！　華乃久しぶりだねー」
萌南の家のインターホンをピンポンすると、玄関まで出てきた萌南があたしに抱きついた。
「萌南久しぶり……」
せっかく会えたのにあたしのスペシャルローテンションに萌南が不思議そうな顔をする。
「華乃？」
「萌南ぃー」
萌南の顔を見たら一気に涙腺が崩壊した。
「聞いてよぉーもうあたしのひどい彼氏がさぁ！　あたしこう見えても彼氏って初めてなんだよー！　高三にしてやーっとできた彼氏なんだよ！　超かっこいい自慢の彼氏だ

ったのにー」
あたしは玄関先で萌南につかまっておんおん泣いた。
萌南は訳もわからないだろうに、ずっと片手であたしを抱き、反対の手であたしの背中をさすってた。

「華乃、鼻水が半端ないんだけど。あ、あたしの肩についた！　その顔でかっこいい彼氏の前には出られないねー」
ベッドの前に陣取ったあたしの隣にはティッシュの箱。
イヤミなのかなんなのか、萌南はあたしの両隣にそれを用意したから、遠慮なく右、左、と交互に使う。
目の前の萌南の机の上には、彼氏の陸と遊園地かどっかに行った時の写真が飾ってある。
一年前、あたしはこの陸を巡って萌南と争ったんだよね。
もう大昔のことみたいだよ。
「華乃、真面目に明日から学校どうすんの？」
萌南にはこのティッシュの残骸《ざんがい》の山を築くまでの一時間で、今日あったことは全部話をした。
「どーひよー」
「ちゃんと話だけはしたほうがいいと思うけどな」
あたしの前でジュースを飲みながら萌南は言った。
「萌南、べんひょーひていいよ。あたしのことはもうほっとひて」
「しばらくここにいるんでしょ？　うん。受験なんだから勝手に勉強はするよ。華乃だって受験でしょーに」
「ふん」
「受験するつもりもそれほどないんでしょ？」

「ふん？」
「華乃は華乃でこの機会にそろそろ自分の場所に戻ったら？　戻りたいんじゃないの？」
「…………」
「いつでも戻ってこい、って言われてるんでしょ？　もう治ったんでしょ？」
「…………」
「はーなーのっ」
「……そういう選択肢もないわけじゃないのか」
「もともと華乃が悪いわけじゃないし。あっちの女優さんだってもう――……」
「考えてもみなかったな。翔汰のことで頭がいっぱいだった。でもほんとだね。そういう選択肢もあったんだ」
「あたしにはそういう選択肢しか頭になかったから、受験に身が入らなかったように見えたんだけどな」
「……なるほどね」
おとなしいようでさすがの洞察眼なんだよあたしの親友は。
「考えないようにしてたんだろうけど、無意識に華乃はもう自分のいくべき道を選び取ってたんだと思うよ？　そうじゃなきゃちゃんと受験勉強してるよ。もともと頭悪くないし、勉強大っ嫌いってわけでもないもん」
「そっか。そうだったのか」
この街をまた出て行けば、もう翔汰に会うこともないのかな。
もし萌南が言うように、あたしが最初から受験に前向きになれなかった理由が、他の選択肢を選び取ってたからだとしたら、翔汰は？
もしかしたら翔汰もそうなんじゃないの？
お互い、本当にやりたいことに背を向けてたのかな。
潜在意識の中で志望は違うところにあるのに、大学進学に逃げようとして受験勉強をしてるから、そこに身が入らないのかな。

脳裏にフラッシュバックする。
金属の炸裂音《さくれつおん》。
悲鳴。
あたしを非難する声。
……音の無かった数ヶ月。

あたしは腰をひねってくるっと身体を回転させると、萌南のベッドの上にある枕を取り、それをぎゅーっと抱きしめ顔をうめる。
「萌南くさい」
「あたしの枕だもん」
「陸くさい」
そこで萌南はえっ！　って顔をしてみるみる真っ赤になった。
「ちょっ……変なこと言わないでよ！　そんなわけないでしょっ」
「萌南のくせにあたしより先とか世の中わかんないもんだよねー」
そこで萌南はあたしが抱きしめてる枕をバッと取り上げた。

「華乃、翔汰くんとそういうことんなってないんだ？　無理に迫られたりしてないんだ？　充分大事にされてんじゃない。なんか華乃の話だけ聞いてるとかなり違和感があるんだよね。ちゃんと話しなって華乃！」
あたしは萌南から枕を取り返してそれをまたぎゅーっと抱きしめた。
話って何を？
前の彼女と今の彼女がそっくりなんてことある？
それが偶然なんてことある？
何を翔汰から聞いてあたしが納得できるのよ。
「ずっと学校行かないとか無理だし。翔汰くんと全く話しないで別れるなんてできないでしょ？」
「自分の気持ちが固まらないんだよ」
あたしは翔汰にとって違う人の代わりなのに、それでも近くにいたいと願う自分がすごく悲しい。
翔汰はあたしから離れるべきなんじゃないかと思うのに、そうしたくない自分があさましい。

萌南が眠ってしまってから、彼女がベッドの横に敷いてくれた布団の上で、翔汰をブロックした携帯の横のスイッチを押す。
闇《やみ》の中、液晶画面に、翔汰に肩を抱きよせられて額の横で肘を高く上げた敬礼みたいなピースサインをしてるあたしの、これでもか！　ってくらい満開の笑顔が浮かび上がる。
翔汰だって口元を満足げに緩めた充分幸せそうな表情してる。

「翔汰ぁ……」
涙がぽたぽたと落ちる画面を、あたしは萌南を起こさないように操作し続けた。

◇

次の日、学校に行かないで、萌南の家にいるあたしのところにママが来た。
これからどうするか決められないけど、「一週間」という約束であたしは学校を休み、この家にいさせてもらうことが、萌南のお父さんを交えた話し合いで決まった。
この一週間であたしは結論を出さなきゃいけない。
……決心をしなくちゃいけない。
あたしは佐久くん経由で翔汰に、しばらく学校を休んで考えたい、その間は自宅から離れて友達の家にいる、ってことを知らせてもらった。
あたしにそこまで執着があるのかどうかわからないけど、翔汰がああしてずっとあたしの家の近所で待ってるのかと思うと、胸がかきむしられるような気がするよ。
次の日には潮東高校で仲よしだった真由が来てくれたり、その次の日には萌南の彼氏の陸が来てくれたり、そのまた次の日には佐伯も雅も来てくれて、あの頃一緒に過ごしたメンバーがみんな揃い、久しぶりに騒いだ。
あたしがどういう経緯で一週間、萌南の家にいるのか男の子たちには知らせなかった。
佐伯が最近できたっていう彼女との、べたべたいちゃいちゃしてるプリクラを見せてくるのがかなりウザかった。
萌南も陸も、もうあたしに気を使わない。
あたしの前で変によそよそしくすることもなくて、たぶんいつもどおり（いつもはもっとべったりなのかもだけど）自然に笑って話してる。
そういう二人を眺めてて、ああうらやましいな、とは思ってももう胸は痛まなかった。
陸のことが過去になったように、いつか、翔汰のことも過去になるのかな。
……だめだ。
一瞬考えただけでも涙出そうになる。

◇

一週間はあっという間に過ぎてしまい、あたしの気持ちも固まらないまま、さすがにこれ以上は休めないよね、のところまで来てしまった。
「華乃ファイト‼　いつかは決着つけないとだよ‼」
「……うん」
あたしは萌南に背中をバンってかなり力入れて叩《たた》かれ、学校方面に突き出された。
「もし、万が一だよ？　華乃がまた泣かなくちゃいけないことんなっても、あたしがいるじゃん」
「うん」
「真由もいるじゃん」
「うん」

「青葉西でも新しい友達できたんでしょ？　その子達がいるじゃん!!」
「うん。がががんばる」
翔汰に一週間も会ってない。
すごくすごく会いたい。
もう翔汰欠乏症《けつぼうしょう》で身体に斑点出てきたよ、と思うほど会いたい。
……でも、会いたくない。
教室に入っていくと由香と美羽がすぐ来てくれた。
一応始業時間ギリギリに入って行ったんだよね。
学校には病欠という話になってたはず。
翔汰は、窓際の席でクラスの仲がいい子達と喋《しゃべ》ってたけど、あたしにすぐ気がついた。
なにか珍しいものでも発見した時みたいに目を見開き、それにつられて唇も一ミリ開いた。
最初の驚きが通り過ぎると、悲しげな無表情が翔汰の顔を覆う。
チャイムが鳴ったのを機に生徒たちがぞろぞろと自分の席につく。
翔汰も回り込んですぐ後ろの席に座った。
あたし達は休み時間になっても話をすることもなく、目を合わせることもなく、今日の授業を全部終えた。
まだ結論の出ないあたしは、翔汰が何も言ってこないことに安堵《あんど》もしてたけど、それ以上にやっぱり寂《さび》しかった。
翔汰もこんなのは間違ってると、気づいたんだろうか？
あたしが足早に教室を出ようとした時だった。

「華乃」
後ろから翔汰のするどい声がした。
振り向くと翔汰の、抑えた怒りのにじみ出る威圧的な視線があたしを刺した。
「ちょっと来いよ」
「……うん」
もうこの展開は避けられない。
それにやっぱり翔汰と自然消滅は嫌だ。
覚悟、しなくちゃいけないんだ。
あたしは翔汰の後ろをついていった。
制服のシャツを捲《まく》り上げてる腕の、血管が前より強く浮き出てるような気がする。
翔汰、痩《や》せた？
翔汰は渡り廊下を通って新校舎のほうへ行く。
違う学年の校舎だ。
新校舎に入ると急に人通りが絶えて静まり返ってるから、不思議に思った。
新校舎と旧校舎をつなぐ渡り廊下は二階部分にある。
新校舎の二階には二年生のクラスしかない。
どうしてこんなに静かなんだろ。
「翔汰、二年って」
「二年今日は遠足」
「えっ‼」
嘘《うそ》。
今この階には誰もいないってこと？
そっか、誰もいないとこじゃないと話せないような内容と言えばそうなのかもしれないな。
あたしはどんどん先をいく翔汰の後ろ姿を見てた。
この後、どっかの教室に入って最後の話し合いをして、あたしと翔汰は別れるんだ。
そう思うと足の運びが徐々に遅くなって翔汰と距離が開く。
この期に及んで別れたくないとか、何かの間違いなんじゃないかとか、あたしそう思いたがってる。
それに翔汰も翔汰だ。
なにもそんな奥の教室まで行かなくたっていいでしょ？
渡り廊下から近い教室でいいじゃん。
怒ってるのはわかる。
ラインも勝手にブロックして。
待ち伏せされないように自宅にも帰らないで。
翔汰からの連絡手段を一方的に、まるでストーカー対策並に遮断した。
こんな扱い怒るよね。
こんなやつだったのか、やっぱ香織とは違うんじゃん、ってことに気づいてもうあたしとは終わりにするつもりなんだ。
翔汰との距離が五メートルくらいになったところで、あたしはそろそろと後ずさって、ちょっと後ろにあったひとつの教室のドアから中に入った。
なに隠れてんだろ。逃げ切れるわけないのに。
「華乃っ？」
勝手に早足で行っちゃってたくせに翔汰はすぐ気がついて、あたしを追ってきた。

「翔汰」
教室の入り口で、中にいるあたしのほうに一歩踏み出す。
「なんで逃げんだよ」
その口調には怒りより、悲哀が強くて切なくなる。
「なんでって……。だってそんな奥の教室までいくから。もうここでいいじゃん」
あたしは後ずさった。
翔汰はかまわずあたしとの距離をつめてくる。
あたしは窓際まで追いつめられた。
でも翔汰は、机二個ぶんくらいの間隔からもっとあたしの近くへは、寄ろうとしなかった。
「なんで話も聞かねーで俺をシャットアウトしようとすんだよ」
「だって……」
どうすればいいかわかんないほど混乱してるんだよあたしだって。
翔汰が大好きなのに、やっぱりどう考えてもあたしが近くにいるのは翔汰のためにならない。
「まともに話もできねーのかよ」
「…………」
「お前そんなやつだったのかよ」
「だっ……」
だめだ。
翔汰あたしのこと軽蔑《けいべつ》してる。
翔汰が一歩あたしのほうに足を踏み出した。
あたしは窓際のカーテンの裏側にぎゅっとつかまった。

次に翔汰が口を開いた時に、あたし達の関係は終わるんだ。
翔汰はちゃんと話もできないあたしに失望してて、もうはっきり香織さんとの違いに気づいてしまった。
嫌だ別れたくない。
翔汰が口を開くのが——
「こわ、い……」
あたしはぎゅううっと力を入れてカーテンにつかまってうつむいた。
「怖、い……？」
翔汰の、まるで身を切られるほどの切なそうな声音に驚いて、あたしはカーテンを握りしめたまま、顔をあげた。
「翔汰……」
翔汰がまっすぐあたしを見てた。
もうその表情にはあたしをとがめる色も軽蔑の色も浮かんでなくて、そこにあるのはただただ傷ついた小さい男の子みたいなきらきらした瞳だった。
きらきらした……。
「怖い……」
そう呟《つぶや》いて横を向いた翔汰の瞳。
見間違いじゃなければきらきらしてるのは、うっすらと水分の膜が張ってるか、ら？
「翔汰？」
あたしがカーテンから手を離して、思わず翔汰のほうに移動しようと思った時だった。
人が三人どやどやと入ってきた。
「田伏さんっ」

最初にそう響いたのは佐久くんの声だった。
教室に入ってきたのは佐久くんと三浦くんと辻倉くん。
「翔汰、田伏さん考えたいっつってお前と連絡絶ってたのに、学校来たその日にいきなりこんな人気のない教室で二人で話とか！　田伏さん構えるから！」
そう言って、佐久くんが翔汰に突っ込むようにして彼の両腕をつかまえた。
きっとこっそり翔汰とあたしをつけてきたのかな、と思った。
それであたし達が入った教室を覗《のぞ》いたら、まるで翔汰に窓際に追い詰められてカーテンの陰に隠れるような体勢をとってるあたしがいたわけで、三人とも仰天したんだ。
翔汰は抵抗することもなく、ただ呆然《ほうぜん》と佐久くんにつかまえられるままになってた。
それから、いつもの翔汰じゃ考えられないほど憔悴《しょうすい》しきった、気力のない声で言った。
「そっか。そうだよな」
「翔汰、田伏さんが気持ちの整理ついて話せるようになるまで待とうぜ」
「わかったよ」
佐久くんに促されるまま、翔汰は教室の出口に向かった。
廊下に出るところで立ち止まり、半分だけ顔をこっちに向けた。
「華乃」
「え？」
「あしたからちゃんと学校こいよ。転校前も体調悪くてだいぶ休んだって言ってたろ？　出席日数足りなくなるから」
「うん……」
「俺は出席大丈夫だから」
「え？」
「いいかぜってー学校来いよ。約束だぞ？」
「う、ん」
何？
今のどういう意味？
そう聞こうとしたけど、ほんの少し考えてた間にもう翔汰は佐久くんと一緒に教室を出て行ってしまった。
「華乃ちゃんごめんね」
そう言ったのは辻倉くんだった。
「え？」
「なんか盛大に翔汰と揉《も》めだしたの、俺がサイフ落とした日からだよな？　あの日、翔汰と一緒にいたのって華乃ちゃんなんだろ？　俺が無理に翔汰を呼び出したから？　もしかして女だとか思ったとか？　違うから。翔汰浮気とかするよーなやつじゃねーし。もう華乃ちゃんしか見えてねーし」
「違うよ辻倉くん。辻倉くんのせいじゃない。あたしちゃんと翔汰の携帯に辻倉くんの名前、表示されてるの、見てるもん。浮気なんて疑ってるわけじゃないよ」
「じゃなんで——」
「いいよリョー。俺らが口出すことじゃねー」
三浦くんが辻倉くんをいさめる。

「だけど翔汰が――」
そこで三浦くんがあたしのほうに向き直った。
「なにがあったか知んねーけど、なんかの誤解なんだと思うよ。気持ちが落ち着いてからでいいから、必ず話、してやってくんない？」
翔汰みんなに思われてるな。
「うん。ほんとはね、今日ちゃんと覚悟して出てきたんだ。でもいざとなったらあたし、ぜんぜん意気地がなくてさ。でも必ず、ちゃんと、決着はつけ、る」
「決着？　いや絶対そういうんじゃないだろ。田伏さん、今友達んちにいるんだよね？」
「うん。前の潮東の……萌南……」
翔汰のことばっかり考えて上の空で三浦くんの質問に答えてたら、萌南の名前や高校まで口走ってたらしい。
「潮東？　モナミ？」
そこでなぜか三浦くんは眉間にしわを寄せてぶつぶつと口の中でチョウトウ、モナミ、チョウトウ、モナミ、と唱えながら考え込むような表情になった。
なんかまずかったんだろうか。
「三浦くん？」
「おーなんでもねーよ。いこっか田伏さん」
「ごめん。もうちょっと一人でいてもいい？　落ち着きたいんだよね」
「わかった。翔汰は俺らと帰るから平気だよ。今日ちょうど部活なかったしな」
「ありがと」

「あ、田伏さん携帯落ちてる。その足元のやつ、田伏さんのじゃない？」
「ああ……」
ほんとだ。
スカートのポケット浅いからたまに飛び出ちゃうよな、気をつけなくちゃ、と思いながら、三浦くんと辻倉くんが教室から出て行くのをぼんやり見送る。
翔汰。
あたしが潮東高校で築いたみたいな強い友達関係を、部活仲間でしっかり固めてるんだよね。
恋人を失って、部活にも出られなくなった翔汰。
でも何年もかけて積み重ねてきたサッカーでの絆《きずな》は、きっと海水に長い間沈められても輝きを失わない白金に似てるんだ。
翔汰はまだ大事なものを持ってる。
あたしがいなくても、翔汰は大丈夫……。
今のこの、香織さんの面影を他の子に求めるっていう間違った感情を乗り越えて、次こそ、今度こそ、翔汰は本当の恋をする。
あたしは、唇をかみ締め眉間に力を入れ、三分耐えた。
それからぐずぐずとその場にうずくまって両手で顔を覆った。
二年は遠足、この校舎のこの階にはもう誰もいないはず。
多少の泣き声は漏れてもいいかな、と思いながら大好きな人の名前を何度も何度もつぶやいた。
指の間を、生温かい液体が滑り落ちて床をぬらしていく。

◇◇◇

次の日からもあたしは家に帰らなかった。
ずっと萌南の家にいた。
翔汰が家の近所で待ってるからそれを避けるため、じゃなく。
翔汰がもう待ってない、という事実を確認することが怖かった。
翔汰に二年の遠足で空教室ばっかりが並ぶ新校舎に呼び出されたあの日以来、携帯もなくしてしまった。
あたしの携帯には、何枚も翔汰の写真が入ってる。
バイクの前で二人、浮かれまくるご機嫌ツーショットや、手をつないで引っ張られてた水族館の人ごみで、あたしを振り返った瞬間に撮ったちょっと心配顔してるお宝ショット。
バイクで走ってて偶然見つけたコスモス畑で、ふざけて格闘しながらお互い撮りあった時のぶれぶれ写真。
短い間に何枚も何枚もあたし達は写真を撮った。
それが全部あの携帯に入ってる。
三浦くんに確か、落としてる、って言われたよな、と思って放課後何回も二年の教室を探しに行った。
なのに、どうしても見つからない。
先生にも聞いてみた。
なのにどうしても見つからない。
前だったらもう身体の一部でしょ？　とまで思ってたもの

なのに、あたしとのツーショット画像が前面に出てて、中には何枚もいろんな表情の翔汰が収められてるあの携帯じゃなきゃ、もう必要ないんじゃないかと思えた。
あたしはあれからも毎日毎日携帯を探してる。

心が枯れ枝みたいに干からびてぽっきり折れてしまいそうな日々が続く。

翔汰が、あれ以来学校に来ない。

翔汰のいない学校は、音源のないカラオケと同じ。
翔汰のいない毎日は、スタンプも加工機能も、シールでさえないモノクロプリクラと変わらない。

翔汰が学校に来なくなって三日。
その間ちょくちょく、佐久くんはあたしに彼の様子を教えてくれてた。
翔汰は昼夜かまわず、憑《つ》かれたみたいにバイクに乗っててさすがに体力的に心配なんだよね、と言ってた。
翔汰は自分は出席日数は大丈夫、みたいに断言してたけど、それ以前にこれ以上は先生だっておかしく思う。
やっぱり彼が休んでるのは、自分がいるとあたしが出てきにくいからだと思ってるからなんだろうなと感じるよ。
もうこんなことは終わらせなきゃ。
別れて他人になるとしても、翔汰が学校に出てきてくれさえすれば、毎日その姿を見ることだけはできるんだよね。

卒業までは……。

◇

「はーなーのっ」
「萌南、真由……二人ともどしたの」
校門にいたのは萌南と真由だった。
「えへへ。うちの学校の三年、今日先生たちのなんだかの会議があって終わるの早かったんだよ。華乃の学校行って驚かせてやろう、ってことになったのよ」
真由が言った。
「もう！　すれ違いになるじゃない」
「いいじゃん。彼女サプライズのために待ち伏せする彼氏の気分。だいたい華乃携帯なくしたままじゃん？」
と萌南が笑う。
「何言ってんのよー」
たぶん最初からそのつもりだったんだな。
朝誰かと帰るのか、ってこと、萌南に聞かれたもんね。
美羽と由香は図書室で勉強。
とても勉強なんて気分になれないあたしはまっすぐ萌南の家に帰るつもりだった。
翔汰のいない学校にあたしだけがいるってことの違和感に押しつぶされそうになる。
「久しぶりだね。三人で寄り道するの」
そう言って真ん中に入った真由が、あたしと萌南、両方の腕を両手で取った。

やっぱり落ち着くな、萌南と真由と一緒にいるの。
そこから三人で、電車に乗り、一年前にはたまに三人で行ったぷち贅沢《ぜいたく》なファミレスに入った。
三人でぷち贅沢な一番小さいパフェを頼む。
あたしがイチゴで、萌南が抹茶《まっちゃ》で真由はプリン。

「あたしさ、一年前、なんていうの？　六人でいてもすごい疎外感だったんだよねー」
と真由が言い出した。
真由のいう六人っていうのは、今いる女の子三人と、萌南の彼氏の陸、それから雅《みやび》と佐伯だ。
潮東の頃よくこの六人で行動してた。
「疎外感？　なんで？」
「だってさー。萌南も華乃もバリバリにレンアイしてたじゃん？　一瞬、あ、ほんとに一瞬だからね？　あたしも陸いいなー、って思ったことあったんだよ」
「げっ？」
今現在、陸とつき合ってる萌南がカエルが車に轢《ひ》かれそうになった時みたいな声を出して両手で口を押さえた。
「だーから一瞬だってばー。たぶん0.5秒くらい」
「ふぅん。陸ってそんなにモテたんだ？」
「あ、雅のことも佐伯のことも一瞬いいな、と思ったことはある。それぞれ0.5秒くらい？」
「なんだよー真由って結構、男の子見てたんだー。別に男に興味はありません、って顔してたのにさ」
「興味ないわけじゃなかったんだよ華乃。だけど、ほんとあの頃思ってたけど、あたしは本気レンアイの舞台の客席にいてさ。もうあまりにみんなが本気だったから、とても舞台に上がれなかったんだよ。好きになる余地がないというか、いいな、って思っても自分で好きにならないようにセーブしてたよ」
「わかるかも……。しんどかったわあれは」
とあたしも一年前の絡まりまくった恋愛を思った。
「でもさぁ」
と萌南があたしのほうを向いた。
「自分でがんがん行動して、ちゃっちゃとケリつけて、さっさと舞台から降りたのは華乃だよね？　あの時の男前が今回全く発動されてないのはどうしてなの華乃」
「…………」
「ひょいひょい舞台から降りられないほど本気なんだよね？」
「失礼だな萌南、別にひょいひょい降りたわけじゃ……」
「だけどまるで別人みたいな逃げ回りっぷりだよね華乃」
萌南、言う時はほんと言うよね。
「だって、逃げ回らない、ってことは……翔汰と別れるってことでしょ……」
声を出すと喉が痛かった。
だから小さい声しかでなくて。
「そうだって確かめたの？　華乃、何を確かめたの？」
「いじめないでよぉ。萌南」
「人のレンアイを客席から見てるしかなかったあたしにとってさ、片想いであろうと本気で誰かを好きになれるって貴重な体験でうらやましかったんだよ。華乃はまた今その舞台にいる。そういう相手にめぐり合えるってそれだけで奇跡なんだよ？　わかってる？」
真由があたし達をそういうふうに見てたなんてな。
「仮に！　仮にだよ？　華乃にとってサイアクの事態を迎えたとして、翔汰くんに出会ったことって華乃にとって不幸？」
「……不幸、じゃない」
翔汰は、身代わりにしようとしてあたしを計画的に身代わりにしたんじゃないと、信じたい。
そういう人ではない。
決してない。
「出会ったこと、後悔するような相手？」
萌南も畳《たた》み掛ける。
「違うけど！　でも翔汰にとっては本物の恋愛じゃなかったんだよ。あたしを通して他の子を見てただけ」
「まぁ、そんなのまだなんにも確かめたわけじゃないと思うけどね。でもさ、じゃあ譲りに譲ってそうだったとしよう。翔汰くんにとって華乃への気持ちは本物じゃなかった。じゃあ華乃の気持ちは？」
こっちを向いた真由の目があたしを射抜く。
え、真由ってこんな目をするの？
あたしの気持ち？
あたしの、翔汰への気持ち？
「出会わないほうがよかった？」
「……わかんない」

出会わなければこんな辛《つら》い想いはしなくてすんだんじゃないのかな。
「こっちの側の気持ちが重要っていうふうには思えない？　客席にずっといたあたしにしてみるとさ、この貴重な高校時代に何やってんだあたし！　って思っちゃうんだよ。片想いでもなんでも舞台に乗るほど好きな人ができるってありそうでなかなかないんだよ？　とりあえず、無理やり舞台に乗らなきゃ！　みたいな気持ちでつき合ってるコだってけっこういるんだよ」
「そうかな……」
「ちゃんと考えなさい華乃」
こんなに白熱してる真由は初めてかも。
でも真由が言うこと、わからないでもないかも、しれない。
辛いけど、あたしは翔汰に出会えた。
あんなに素敵な男の子に本気の恋愛をした。
萌南も真由も言うように一年前のあの、自分からちゃっちゃとケリがつけられたあの恋よりも、さらに本気だ。
こんな相手にそうそう出会えるとは思えない。
「あたし、幸せだったと思う……うん、そう、思う」
翔汰は、あたしにこういう気持ちを教えてくれたんだ。
「華乃は幸せなんだよ」
静かに言った萌南の声が、白熱する真由の声と同じくらいあたしの胸の深い場所に落ちる。
うんそうだ。
高校時代、こんなに素敵な恋する気持ちを持てたあたしは幸せだ。

きっと、この二人があたしにそう言ってくれなかったら、あたしはそのことに気づかなかった。
身代わりにされた、かわいそう、それだけで終わっちゃってたかもしれない。
あたしの側の気持ちだよね。
翔汰は確信犯じゃない。
自分で、あたしは香織さんの代わりだってことに気づいていないだけなんだ。
「話し合うよ真由、萌南」
「全部がもう終わったみたいな言い方しないでよ華乃」
萌南はいつも優しいな。
翔汰は、「あたしが負けちゃったのは、素敵なコだから仕方ないんだよ」って言ったら、「お前より素敵なコがいんのか」とか言ってくれたけど、萌南の側にいて萌南を好きにならない子なんているのかな、と思うくらい彼女は優しい。
「ほら元気出してよ華乃！　あたしのパフェあげるから」
もう上のプリンだけ食べちゃったパフェをあたしのほうに差し出す真由。
真由も強くて優しい。
あたしにはできすぎた親友二人だ。
「あたしのもあげるよ華乃。これ三つ食べれば元気でるって」
「あたしってかなりお手軽だね」
あたしの目の前に三つ並んだパフェを両手で囲んだ。
翔汰と別れても、あたしにはこの場所がある。

あたしここで泣くことにするよ。

あたしは味の違う三つのパフェを順番に食べた。
明日、放課後翔汰の家に行こう。
放課後すぐならまだお母さんはパートから帰ってないと思う。

さようなら翔汰。
ありがと翔汰。

三つのパフェは、なぜか全部がしょっぱかった。

◇◇◇月灯《つきあか》りの線路◇◇◇

次の日の放課後、学校から直行して五時。
あたしは翔汰の家の彼の部屋を電信柱の陰からこっそり見あげる。
まだお母さん帰ってないよね。
携帯がないから呼び出すこともできず、もう直接たずねて行くしかない。
「よしっ」
あたしは覚悟を決めた。
いつまでも翔汰、学校をあたしのせいで休ませるわけにいかないもん。
あの写真を見てしまったこと、あたしの思ってること。
全部言って、この間違った関係に終止符を打つつもりだった。
アパートの横の細い道の先に目をやると、ごちゃごちゃした自転車置き場から少し離れた場所に、今日は翔汰の真っ黒のバイクが停めてある。
いつも翔汰が置いてる場所と違って、一時的に停めたり、整備とか掃除とかをする場所だった。
でも昼夜関係なくバイクを走らせてる、って聞いてたから、これがあるってことは翔汰は家で今はゆっくり休んでるのかな、とかすかに安心する。
「いざっ」
出陣！　って感じで行進のように電信柱の陰から足を踏み出した。
「ひぇっ？」
軽快に疾走してきた自転車にあたしの肩がかすった。
あたしをよけようとしたのか、その自転車はスリップして歩道側に横転した。
「いいいいいってー‼」
小学校の高学年くらいの男の子が倒れてた。
「え！　大丈夫？」
「あぶねーな！　変質者かストーカー？　そんな電信柱の陰にいるとか！」
「ご、ごめん。どっか打ってない？」
「打ったよ。血がだらだら。つか俺急いでんだよ。今日塾のクラス分けテストで遅れるわけにいかねーの」
「で、でも血がだらだら、って」
「超だらだら。絆創膏《ばんそうこう》持ってねーの？」
「もも、持ってない」
「女じゃねー。つかもういいわ。遅れらんないんだよ」
その子の、ハーフパンツからにょきっと出た足の膝小僧《ひざこぞう》を見ると、本当に血がにじみ出てきてる。
「傷だけ？　どっか骨折れてない？」
「んーん？」
その子は足踏みしたり腕を回してみたりしてたけど、膝の傷以外に異常はなさそうだった。
「平気みたいだけど、曲げるから膝が超いてぇ」
「塾どこ？　なんて塾？」
「日栄《にちえい》ゼミナール。Ｙ駅前にあるやつ。あーもう間に合わねーよー」
「わかった乗って！　大丈夫間に合うよ」
その子の自転車はもう大人用のやつだった。
あたしは取りあえず応急処置として、その子の膝をポケットから出したハンカチできつく縛った。
その子を自転車の後ろに乗っけるとＹ駅目指して漕ぎ出した。
「ぜーったい動かないでよ。ちょっとでも動いたらひっくり返るからね！」
まだ小柄な子でよかったよ。
五年生くらいかな。
もっと大きい子だったら二人乗りは無理だった。
道はぜんぜんわからなかったけど、後ろからその子が右とか左とか指示を出してくれるからそれにしたがって走って行った。
どこかに薬局があれば薬や絆創膏を買って膝の手当てをしたかったけど、このへんの地理にくわしいわけじゃないからどこにそれがあるのかわからない。
道の両側に薬局がないかを注意深く探しながら後ろからの指示を聞いて、とにかく必死で自転車をこいでるうちに二十分くらいたってた。
そしてそして無事、Ｙ駅についてしまった。

「ありがと間に合ったー。そんじゃーなー」
「先生に膝の手当てしてもらってね。あとさー、一応連絡先教えとくよ事故だからさー、……ってもういないし」
指定の自転車置き場について自転車を停め、鍵を抜いて渡すと、その男の子は転げるように日栄ゼミナールの入ってるビルの入り口に走って行ってしまった。
あれだけ元気に走れるんだから心配ないかな。
「あー……」
ところでここはどこ？
Y駅の駅前なのはわかるけど、自転車で猛スピードで二十分走った距離を歩いて戻るのはちょっときつい。
それ以前に道がはっきりわからない。
そして。
あたしは腕時計を見て時間を確認した。
もう六時ちょっと前。
さらにアンラッキーなことにこのY駅っていうのは翔汰の家の最寄り駅とは路線が違うんだ。
ここから乗り換えて翔汰の家の最寄り駅まで行ってそこから歩くとなるとかなり時間がかかってしまう。
翔汰のお母さん、ほぼ確実に帰ってきちゃってる時間だと思う。
翔汰のお母さんは翔汰の中学の時からの彼女の香織さんを知ってる可能性が高い。
彼女の死が原因で息子がサッカー部を休部してることだって知ってるだろう。
香織さんにそっくりなあたしを見たら混乱して卒倒しそう。

会うわけにいかない。
「仕方ないな」
今日はもうあきらめよう。
明日はもっと注意深く電信柱の陰から出なきゃ、ってすでに電信柱の陰に入る意味はないんだけどね。

今日は萌南のお父さんが出張でいない。
萌南が一人でいるよりあたしに泊まってほしい、って言うから今晩はここにいるけど、明日はもう自分の家に帰ろう。
いつまでもお世話になれない。
萌南の近くにいるだけですごく寂《さび》しさがまぎれてて、あたし甘えすぎてた。
萌南は受験生なんだ。
あたしみたいな中途半端な受験生じゃなくて、正真正銘本気の本気な受験生なんだ。
明日こそ、絶対に翔汰と話をしよう。
こうやって一日翔汰との別れが伸びたことを、心のどこかで喜んでる自分がいる。
あたしの最低すぎる感情でその日を引き伸ばして、結果大好きな人を苦しめてきた。
あたしは本当に嫌な子だ。
明日こそ、絶対に絶対に翔汰と話をしよう。

「あれっ？」
萌南の家に帰り着くと、その前に人影が三つあった。
萌南と、三浦くんと、髪の長い女の子。

「華乃、どこ行ってたのよー大変なんだよー」
開口一番、萌南がそう言った。
「もう携帯なくしたままにしてるから連絡のとりようないじゃん！　三浦くんが、あたしの家に華乃がいるって知っててここまで知らせに来てくれたんだよー」
「えっ？」
なんで萌南の家を三浦くんが知ってるの？　学校違うし、知り合いでもないでしょ。
あたしがハテナマークを頭の上にくっつけたままにしてるのを見て、三浦くんが口をひらいた。
「こいつがさ、萌南ちゃんの中学ん時の友達なんだよ。こないだ二年の教室で、田伏さん、潮東のモナミちゃんって友達んちに泊まってるって、口走ったじゃん？　なんか聞いたことある名前だな、って思ってたんだよ。こいつからたまに聞く名前だったんだよな。そんでここにいるのかなって」
「こいつ？」
あたしは初めて三浦くんの隣にいる髪の長い女の子の顔を見た。
「華乃ちゃん久しぶりだね」
「えっ⁉」
夏林ちゃんだった。
萌南の中学の時の友達で、一年くらい前、一度だけ萌南と一緒にバーガーショップで会ったことがある。
その時、夏林ちゃんは通学途中で会うだけだという三浦くんに片想いなんだって言ってた。

「えっえっえっ？　どゆこと？」
「えへへー。そういうことー、ってそれどころじゃないんだよ華乃ちゃん！」
「翔汰さ、バイクで事故ったんだよ」
三浦くんの言葉に頭がスパークする。
「……そんなの嘘《うそ》だよ。今さっき、あたし翔汰のバイク見たもん。ぜんぜん綺麗だったよ」
そこで一瞬、三浦くんの目が泳ぎ、言葉に詰まってるような感じに見えた。
「……行ったんだ翔汰んち。今だよ今、連絡が入ったの。バイク事故ってな、バイクは綺麗なままでも人が放り出されて大怪我することあんの。翔汰のバイクいつもんとこに停めてなかったろ？　家の前まで来て事故ったんだよ。だからバイクは邪魔んなんない場所に移動できたんだと思う」
「大怪我？」
「怪我の程度はまだわかんねー」
「しょ……翔汰はどこの病院に……」
「たぶんまだ家。なんかものすげー救急車がたんなくていったん家に担ぎ込まれた。そこでまだ救急車待ってるよ。病院だったら俺のほうに連絡入るはずだから」
「そんなバカなことってあるの？　事故なんでしょ？　出血多量で死んだら!!」
「打ったの頭で出血はしてねー、……らしい」
「頭なんて大変じゃん！　脳挫傷《のうざしょう》とか頭蓋骨骨折とか！　取り返しがつかなくなったら！」

「タクシーで運ぶとか考えたらしいけど、とにかく頭だから、ヘタに動かしていいものかどうか」
「萌南自転車貸して！」
「う、うん……」

あたしは萌南の自転車でまた駅まで逆戻りした。
自転車を乗り捨てるようにして駅の階段を駆け上がる。
嘘嘘嘘！
翔汰が事故なんて嘘だよ。
すごい安全運転だもん。

“安全運転だねー翔汰ー”
“華乃を乗せてんだから当たり前だろ”

幸せだった頃の幸せな記憶がよみがえる。
神様お願い。
翔汰の彼女でいられなくてもいい。
もう翔汰に会えなくてもいい。
翔汰を助けて!!
翔汰がこの世に存在してくれるなら、もうそれでいい。
翔汰のアパートにつくと、あたしは階段を一段飛ばしに上がる。
もうさすがに救急車で運ばれた？
ここには誰もいない？
ああ！
ちゃんと新しい携帯買ってもらうんだった。

足元を睨《にら》んだまま、連続でピンポンピンポンと玄関チャイムを鳴らす。
「はい」
出てきたのは四十代くらいの女の人だった。
翔汰にちょっと似てるかもしれない。
お母さんだよね？
「あの！　翔汰は！」
その人はあたしをじっくり、顔に穴が開きます、ってくらい見つめた。
それより翔汰は！　と地団駄踏みそうになる。
「翔汰、頭打ってね。バイク乗りっぱなしで疲れたのもあるのか寝てるわ。入って？」
「つ、疲れた？　びょびょ、病院は？」
そこでくすくすとその人は笑い出した。
え？
なに？
お母さんが笑ってるってことは、翔汰、ぜんぜん大丈夫なの？
「じじじ、じ」
「え？」
「じじ、事故じゃないんですか？　バイク事故！」
「ああ、事故よ。そうねバイク事故。バイクに激突した事故ね」
「え？」
バイクで激突、じゃなくてバイクに激突？
「まあ入ってよ。田伏華乃ちゃんよね？」

「そう、です」
「翔汰の彼女でしょ？」
「え、と……」
もう別れる寸前なのに、翔汰の親に彼女だなんて……。
「男の子はダメねー。もう前と様子がぜんぜん違うから彼女でもできたんじゃない？　って聞いたら、普通、って答えるんだもん。それ日本語のやり取りじゃないわよねぇ？」
「あの！　翔汰は病院に行かなくてもいいんでしょうか？頭打ってるのにそんな悠長な……」
あたしが彼女かどうかどころじゃないよ。
それでも翔汰のお母さんがこれだけ冷静なんだから大丈夫なんだと思う。
あたしはローファーを脱いで、翔汰のお母さんがそろえてくれたスリッパを履き、家の中に入った。
「おもしろかったわよー。たまたま仕事が早く終わってね。帰ってきたとこで、見ちゃったんだけどね？　翔汰が自転車置き場の横でバイクの整備かなんかしてたのよ。そしたら、翔汰の友達三人が突然走ってきてね。あ、サッカー部で一緒だった子たちなんだけど」
「はぁ」
三人、っていうからにはたぶん三浦くんと佐久くんと辻倉くん？
「後ろから翔汰の後頭部を突き飛ばして翔汰の頭がバイクに激突したのよ」
「えっ⁉」
「まぁ、そういうのもバイク事故かしらねえ」

翔汰のお母さんは顎《あご》に手をあてて小首をかしげ、本気で思案顔になった。
「えええええっ？」
「額おさえながら部屋に上がってって、ドタっと倒れてもう爆睡。ピクリとも動かない爆睡」
みうらぁー!!
なにがバイク事故で怪我の程度がわからない！　だ。
事故起こしたのはあんたたちじゃないかあー。
でもよかった……。
もう腰が抜けそうだよー。
と思ったら本当に今まで走りづめだったせいか、疲れもあって腰が抜けてしまい、あたしはそこにへたりこんだ。
その様子をずっと翔汰のお母さんはくすくす笑いながら見てる。
「ほんと可愛い子よね。翔汰の気持ちもわかるなー」
……この人は、翔汰が中学の時からつき合ってきた香織さんのことを知らないんだろうか？
あたしを見ても驚かない？
「こっち、来て」
その人はこの間、翔汰に促されて入った部屋の隣の部屋にあたしを案内した。
たぶん、この部屋と翔汰の部屋を、改築で二つに分けた？
そこには可愛いベッドカバーがかかったベッドだけがぽつんと置かれてた。
狭くてそれ以外のものを置くスペースはない。
「香織の部屋」

「えっ？」
「翔汰を突き飛ばして三浦くんが帰る時、私に、これから来る子、顔だけは香織ちゃんにそっくりだけどびっくりしないで、とか言ってたけど、似てないわよね。華乃ちゃんと香織」
「え？」
「ああ、そりゃ顔の造作は似てるわね。確かにちょっと驚くくらい似てる。でもこう……立ってるだけで雰囲気がまるで違う」
「え……？　かおり、さん、って？」
「妹よ。翔汰の双子の妹」
「えっ？　彼女なんじゃ……」
「やだあの子、そんなこと言った？」
「いや、え？　言ってないけど……だって」
あの写真。
あんなに親しげだったし、翔汰にぜんぜん似てないし。
「華乃ちゃん、どこをどう勘違《かんちが》いしてるのか私にもわかんないけど。何かとてつもない勘違いをしてて、どうにも話し合ってくれない、とか三浦くんが言ってたんだけど。どう勘違いしてるかわからないと誰も誤解の解きようがないわね」
「…………」
「そっか、香織を彼女だと勘違いしてたってこと？　翔汰も、翔汰のまわりも、いったい何を華乃ちゃんが勘違いしてるのかが全くわからなかったんだと思うわよ」
「…………」

写真を勝手に見てしまったこと、……いいいいい、言えない。
だって翔汰のお母さんなんだもん。
「香織は翔汰の双子の妹。あ、双子、って言っても男女の双子は必ず二卵性だから顔が全く似てないって場合のほうが多いわよ。香織は心臓に生まれつき障がいがあって、あんまり学校に通えないまま、この歳まできちゃったのよ」
「この歳、まで？　香織さんは今……」
亡くなったんじゃないの？
「今ドイツにいるわ。目覚めてないの。もう半年以上になるわね」
そう言って翔汰のお母さんは憂いをたっぷり含んだ目で窓の外を眺めた。

その後、翔汰のお母さんは香織さんの部屋の唯一の家具であるベッドに腰掛けて、あたしにも隣に座るように促して、ぽつぽつと話し始めた。
あたしは言われた通り翔汰のお母さんの隣に間隔を開けてそっと座り、話を聞いた。

香織さんは翔汰の双子の妹。
生まれつき、心臓に障がいのある香織さんは、何度も入退院を繰り返し、全国あちこちの、名医と言われる心臓外科医を頼ってまわった。
保険でまかなえない高度な医療を求めて渡米も数回してる。
当然、駒形家での一番の出費は医療費だった。

幸いなことに、翔汰の父親は有名な商社に勤めてて、それなりに給料は高かった。
ただそれは、香織さんの医療費を百パーセントまかなって、なおかつ家族が平均水準の暮らしを保つのに充分、というわけにはいかなかった。
家族が万が一の時、最終手段だと考えてる心臓移植のためのお金も貯めなくちゃならなかったから。
翔汰は幼い頃から、双子として生まれたのに、健康な自分よりはるかに辛《つら》い思いをしてる妹を見てきた。
妹のためにがむしゃらに働いて若くしてどんどん出世していく父親や、それでも医療費をまかないきれず、かといって妹の病態が安定しないために正社員の道はなく、長時間のハードなパートをする母親を見てきた。
そんな中、自分にも将来、妹を救うためのお金を稼ぐ能力があるかもしれない、と思い始めたらしい。
それが翔汰のサッカーだ。
小学校の低学年、校庭でみんなでサッカーをしてても、面白いほど自分に勝てる子供がいない。
地域のサッカークラブに入ってる子供でさえ、翔汰にかなう子はいなかったらしい。
翔汰が自分を地域のサッカーチームに入れてくれ、と言い出したのが小学校の二年。
才能があるからもっと名門チームへ、ジュニアユースへ、と言われ続けたけれど、うちには翔汰にかけてあげるだけのお金がなかった、と翔汰のお母さんは肩を落とした。
友達の三浦くんだけが翔汰と張り合えた。

三浦くんがジュニアユースで腕を磨いていくのを横目で見ながら、自己流の努力でどうにかするしかなかったんだ、と言ってた。
よく三浦くんがジュニアユースで習ってくる練習方法を聞いては試したり、二人でやったりしてたらしい。
香織さんの心臓は、いますぐ移植を考えなくちゃならない状態とは違う。
それにそんなことは知らなかったけど、移植は万能じゃないらしい。
免疫抑制剤の進歩で年々移植した人のその後の寿命は延びてるけど、それにしても、十年だとか、長くても二十年だとか……。
香織さんが今受けてもやっぱり平均寿命の半ばまでも生きられない。
海外に渡ってもレベル順の順番待ちをしたり、本当にいろいろあるらしい。
香織さんの心臓を治せる医者がいる、という情報にあたし達は賭けてみることにしたの、と翔汰のお母さんは言う。
それがドイツにいる移植とは違う心臓手術のスペシャリスト。

「成功したの。香織の心臓は、理論上普通の人と同じ機能を果たせるようになったのよ。事実、予後もすごく良好だった」
「じゃ、どうして……」
「リハビリをして、日本に帰還許可が出て、飛行場に向かうその途中、車の事故にあったのよ。香織は腕の骨を折って再入院。手術して……。でも手術中、一瞬だけど心肺停止になったわ。その後心臓は動き始めたけど、目を覚まさない」
「え……」
「ぶつかった車を運転してたのはね、免許を取ったばかりの少年。ほぼ百パーセント向こうに非があった。その子はドイツですごく有名な建築家の息子だったのよ。私たちがこのことを表ざたにしない、という条件で、生涯香織の面倒を見る。目覚めてからも、医療面の金銭は全て支払うってことで示談になった」
「そんな……。いいんですか？　そっちに非がある事故なんじゃ……」
「悪質なわけじゃなかったのよ。運転に慣れてなかっただけ。誠心誠意謝ってた。その子は若くて未来があるし、実際ドイツに入院したままいつ目覚めるかわからない香織を、どこまで私たちの財力で支えられるかわからなくて頼るしかないの」
「そう、ですよね」
「正直ね、医者の先生は半分諦めてるみたい。原因がわからないんですって。でもあたし達ぜんぜん絶望視してないのよ？　自発呼吸はもちろん脳スキャンもほぼ正常。指が動くとか、ちゃんと反応だってあるの。それはただの反射だって先生は言うけど絶対に違う。頻繁《ひんぱん》になってきてるわ。確信よ」
信じるんだな。

親ってこういうものなんだな、と思う。
「それに翔汰だって……」
「え？」
「いつも香織を優先にしてこざるを得なくて。あの子の将来のためにももういい加減お金を使ってあげたかった」
「…………」
「香織のほうが辛い、香織のほうが辛い、っていうのが口《くち》癖《ぐせ》で、ずっと自分を押し殺してきた。サッカーでさえ翔汰にとっては香織の生命線だったのよ。海外でプレーできる選手になることが目標だった」
そうだったんだ。
佐久くんが言ってた翔汰には背負ってるものがある、翔汰にとってサッカーは見せるもの、一試合に何ゴールも決めて目立つことが大事だ、っていうのはこういう意味だったんだ。
自分が活躍できる選手だってことを、強烈にまわりにアピールし続ける必要があったんだ。
「でも翔汰……くんはサッカーが今できなくて……」
「香織の意識が戻らないショックもあると思う。でも香織の医療費をいつか父親に代わって自分が稼ぐ、ってことを目的にしてた翔汰にとって、もうその必要がなくなったことで、たぶんどうしたらいいのかわからなくなったんだと思うわ。キャプテンっていう義務だけでは翔汰の身体は動かなかった」
「そうですよ、ね」
「いままで緊張し続けてきて、その糸が切れたんだと思う」
「翔汰くんはサッカーが、好きじゃなかったのかな……」
「好きよ。自分でそれに気づいてないだけ。今までは自分のためのサッカーじゃなかったから。でも翔汰はサッカーが好き。試合を見てればわかる。ゴールするのに必死だけど、その瞬間に香織のことは考えてない。純粋にゴールした喜びだけね」
そこで翔汰のお母さんは立って窓際まで行ってカーテンを開けた。
窓の下を見下ろしながら言う。
「ねぇ、前にすごく立派なお屋敷があるでしょ？」
「はい」
「あそこ、旧財閥《ざいばつ》系の古い家柄のお宅なんだけど、翔汰が小さい頃から、ご老人とメイドさんしか住んでなくてね」
「はい」
「翔汰をすごく可愛がってくれてて、翔汰はあそこの庭で、毎日リフティングやってた。香織が交通事故にあうまで」
「…………」
「香織があんなふうになってからも、一見翔汰はなんでもなく見えて、実際普通に学校も通って、友達とも普通に笑って過ごしてた。でもサッカーはダメだった。たぶん今の香織を思い出すのが辛くて逃げてた。部活も休部して、もうあそこでリフティングすることもなかったの。ここんとこずっと」
「ここんとこずっと？」
「そう。でも最近、ここ数ヶ月？　またやりだしたのよ。

私には何にも言わないけど、ここの木の間から見えるでしょ？　あそこの庭、夜はライトアップされるのよねぇ。防犯、って言いながら実は翔汰のリフティングのためかしらと思ってた」
「どうして翔汰……くんはまた……」
「あなたとつき合いはじめてからなんじゃないのかな、って思ってるんだけどどう？」
「えっ」

そこでバッとこの部屋のドアが開いた。
「華乃」
たぶん寝起きの、無表情の翔汰が立ってた。
「翔汰……」

◇

翔汰が起きてきてから、あまりにもわざとらしくお母さんが買い物に行ってしまった。
翔汰は無言でヘルメットをふたつ取ってくると、あたしを促してアパートの階段を降り、バイクの後ろにあたしを乗せた。
いろんなことが一挙にあたしの思考に流れ込んできて引っ掻《か》きまわし、もう収拾がつかない。
どこをどう走ったのかわからないけど、気づいたら二人、対岸にちらちら街の灯《あか》りが見える大きな川のほとりの草の上に座ってた。

しばらくどっちからも言葉を交わさなかったけど、翔汰がぽつりと呟《つぶや》いた。
「あのバイクさ」
翔汰は土手の上の道路に停めたバイクのほうをちらっと見上げた。
「うん」
「香織が意識不明んなってから、なんかいままでがむしゃらにやってきたことの意味がわかんなくなったっつーか……。サッカーとかさ。責任からどうにか部に出てたけど、すげぇ頭痛くなんだよボール蹴ると。顧問に休めって言われてさ、部にも出なくなった」
「そっか」
「そういう時、親から当面金の心配がなくなった。お前にいままでまともに誕生日プレゼントも買ってやれてなかったから、なんか欲しいもんはないのか、って言われてさ、ダメ元でバイク、って言ってみたんだよ。したら買ってくれちゃってさ。マジでびっくりしたわ。俺のほうが」
「そうなんだ」
「つーかさ、お前なんなんだよ」
「ごめん、なさい。あたしの勝手な勘違いで」
「勝手な勘違いって何？　なんでいままで俺の話なんも聞かねんだよ」
「だから、ホントごめんなさい。あの日さ、家に連れてってくれた日ね。辻倉くんにお金届けに行ってる間に、どうしても気になって翔汰が見せてくれようとしてた写真、見て、しまいました。ごめんごめんごめんごめんなさい！」

あたしは下向いて目をつぶり、パンっと額の前で両手を合わせた。
「だろうな、とは最初にラインで言われる前から思ってたよ。つかそれでなんで話も聞かないほど、俺避けられなくちゃなんねーんだよ。やっぱ、ああいう妹がいるってのがお前的に無理なのか、とか、もうめちゃくちゃ悩ん——」
「妹だなんて思わないじゃん。元カノでしょ、どう見てもあの写真は」
「はぁー？　どう見たって妹だろ？　別にいちゃいちゃしてねーだろ」
「とと、歳だって同じくらいだし」
「だって双子なんだもん同じだろ普通」
「いや、双子とか思わないし……」
「わかんねー俺には。その感覚」
「だいたいあたしあの後、確かめたんだよ学校行って！　先生が受験のために任意で集めたメアドがあったでしょ？　あれに翔汰、kaoriって入れてたじゃない」
「ああ、あれな」
「普通妹の名前なんてメアドに入れる？　どう考えたって彼女だと思うでしょ？」
そこで翔汰は長いため息をついた。
「香織がさ、意識不明のまま目ぇさまさない状態んなって、部、辞めてから変えたんだよ俺のアドレス」
「どうして」
「日本にいた頃の主治医もまわりのやつも、家族や……もしかしたら俺まで、だんだん香織のこと忘れて、あいつのいない日常があたりまえんなってくんじゃねーかと思ったらなんか怖くて。やっぱあいつは俺の双子の妹なわけじゃん。忘れたら香織目ぇ覚まさない気がしてさ。忘れないためにアドレスにしてあいつの名前残したんだよ」
「そうだったんだ……」
「香織を思い出すのがキツくて部辞めたろ？　でも忘れたくなかった。まあ矛盾《むじゅん》してるよな」
「矛盾っていうのとは違うと思う。あたしにはわかんないけどそういう感情」
「そんでお前はなんだよ？　妹に嫉妬《しっと》だったのかよ。意味わかんねぇ」
「いやだから妹とは思わなくて。あんなに似てるんだからあたしあの子の代わりなの？　って思うでしょ？　翔汰だってあの時、説明するより見たほうが早いとかなんとか言って写真見せようとしてたじゃん」
「あれは！　まあ顔の造作は実際似てるよな。最初電車で会った時はたまげたよ。まさかとは思うけど、そこでシスコンとか思われてもヤだな、ってのが五パーセントくらいで」
「そこ、五パーセントなの？」
「だって実際香織とお前なんて真逆だしな？　うちの親にしろ瞬にしろ、香織を知ってるやつならお前と香織が似てるなんて思わねーよ。香織は天使のような妹なんだよ。間違っても俺を痴漢《ちかん》容疑で駅員に突き出したり、グーで殴《なぐ》ったりしねー」
ムカつく。

「天使じゃなくて悪うございました」
そこで翔汰は声を少し落とした。
「重いじゃん。意識がないまま半年、先が見えない妹がいるって。妹がいるってこと自体言えなかったからなずっと。無菌室で酸素マスクしてる写真あったろ？」
亡くなってるもんだと。
あたしは死んだ翔汰の元カノの代わりなんだと思ってた。
もうなんて勘違《かんちが》い。
それできっとその勘違いであたしが勝手に傷ついただけじゃなく、翔汰をものすごく傷つけた。
「それが残りの九十五パーセントなの？」
「まあな」
「あたし、そういうことで翔汰から離れる女だと思われてたわけなんだ」
「ちげーよ。ただお前が変に俺に気ぃ使うのがヤだ、とかは思ってた。したらあの日以来、お前俺に会おうともしなくて……。俺がどんだけ――」
そこで翔汰は黙ってふいっと横を向いた。
「あたしだってすごく辛かったよ。あたしって代わりなんだと思ってて。しかも……実は亡くなってる人なのかと思ってた。あたしは翔汰の亡くなった恋人の代わりか、と……。あたしが翔汰の近くにいることは翔汰にとって間違ったことだと思ってて、別れようと……でも辛くて」
「別れる？　お前何考えてんだよ！」
「だって！　翔汰が悪いんだよ。あたしが話したくないって言ってても、あの子は元カノじゃない妹だ！　って一言叫《さけ》んでくれればいいのに」
「叫べるかよ。お前がそんなバカな勘違いしてると思わねーし。俺は避けられてる原因がわかんなかった」
「……すいません」
「つか別れる、とか。お前にとって俺と別れるのはそんな簡単なことなのかよ」
「簡単じゃないから逃げ回ってたんじゃん。すっごい辛か……」
ダメだ。
思い出すとまた涙出てくる。
翔汰はしばらく黙ってて、それから独り言みたいに呟いた。
「なにが辛いだよ。俺なんか、もうあの、空き教室で怖いって言われた時の衝撃。嫌われてる、って思った時のショック……。一週間前まで親のいない俺んちに入る時だって超楽しそうにふざけてて。俺に対して警戒心なんかお前みじんも無かったじゃんか。なのに怖い、って……」
怖い？
あたし翔汰のこと怖いなんて思ったことないよ。
「……ああ、あれだよね。空き教室で翔汰、お前そんなやつだったのかよ、って言ったから。あたし、別れられるのかと思って、それが超怖かったんだよ」
「は？　俺のこともう好きじゃなくなって、そんで怖くなったんじゃねーのかよ」
「好きじゃなくなるとか……無理だし」
あたしは手をついてた近くにあった雑草をぶちぶち引っこ抜いた。

「もうっ！」
翔汰がいきなりあたしの肩を引き寄せて強引に自分の両腕に抱え込んだ。
「翔汰……」
「どんだけ俺をひっかきまわせば気がすむんだよ」
いままでにないほどのすごい力で抱きしめられる。
あたしの肩に鼻先をうずめるようにして息だけで華乃、と呼ぶ声が切ない。
かすかに涙が混じってるようなその声にあたしのほうが泣きそうになる。
勢いあまった翔汰の身体があたしの身体を柔らかい雑草の生える土手の上に押したおす。
結構な勢いがついてた。
あたしの頭が、地面に激突するのをふせぐためなのか、翔汰の大きい手に包まれた。
「華乃」
翔汰の唇があたしのに落ちる。
最初は加減してる優しいキスだったのに、だんだん、感情がほとばしりでるような激しさを帯びていくのがわかる。
翔汰の理性の糸がぷちぷちと一秒ごとに数本ずつ切れていってるのがわかる。
なんだかそれが嬉《うれ》しくて誇らしい。
翔汰が好きだ。好きだ好きだ大好きだ。
もう翔汰の理性の糸、全部切れてもいいよ、と思うあたしは不良かな。
翔汰に縫いとめられるように地面に押さえつけられた左手

首と右肩。
強い力なのにぜんぜん怖くない。

翔汰なんて、ぜんぜん怖くないのに……。

「あーあ」
そう言ってあたしの頬を手のひらで大雑把《おおざっぱ》にぬぐうと、翔汰はいきなりあたしから離れて、体育座りになり、開いた立て膝に両腕を乗せた。
「翔汰……？」
あたしも続けてのろのろと起き上がって絡んだ長い髪を片手で整えた。
「お前あんま可愛くてマジで食いそうになるわ」
目の前の、街の灯りを映す大きい川の流れが波をつくってちゃぷんと音を立てる。
「食ってもいいです……」
意識してないのにこんな大胆な呟きが知らず知らずのうちに漏れちゃうことに、自分でびっくり。
「食いそうにはなるけど、これじゃ食えねーじゃん」
そう言って翔汰はもう一度あたしの目の下を、今度は指で優しくなぞった。
「え？」
「華乃泣いてる」
そうなんだ。
でもそれは怖いからじゃなくて好きすぎるからなんだけどな。

翔汰に触られると心臓がドキドキ通り越して、もうバクバクいうんだよ。
「今までも……、可愛すぎて好きすぎて、こんなに好きなのに抱けねーとかどんな拷問《ごうもん》だよって思ってたけど、一緒にいれねーほうがもっとすごい拷問でさ。俺いくらでも我慢できるわ」
ふえー！
こんなことさらっと言ってのける男っているかな。
あたしもう翔汰以外の男の子となんてつき合えないだろうな。
こんなに好きなのに、それでもまだどんどん翔汰に堕《お》ちていく。
まるで底なし沼みたいに。
あたしは恥ずかしくて翔汰ほどのことは言えないよ。
翔汰の、自分の膝に乗せてる腕を両手で抱きしめた。
「グーでなぐる天使じゃない女でごめんね」
「グーでなぐらない天使には、俺はこういうことしたくなんねーの」
そう言って翔汰はあたしに自分の腕を抱かせたまま、もう一度唇を重ねた。
いつか翔汰の天使に会いにいこう、うん、と、あたし達は唇数センチの至近距離で、囁《ささや》きあった。
神様お願いを聞いて。
翔汰の天使が、どうか、どうか目を覚ましますように。

そこの大きい川からちょっと歩いた場所、街の灯りから遠く離れた場所に、廃線になったらしい錆《さ》びて赤茶けてて、枕木と枕木の間には草がたくさん生えてる線路が残ってた。
まだけっこう先まで続いてるみたいだ。
街灯もなくて町灯《あか》りからも遠い場所だけど、満月の銀色の輝きだけで、お互いの表情くらいはわかる程度の明るさがあった。
翔汰と手をつないで、反対の手も横に伸ばしてバランスを取りながら、枕木を挟んだ二本の線路のうえをまっすぐに二人で歩いた。
歩きながらどうでもいい話をずっとしてた。
線路がゆるいカーブで翔汰のほうに曲がると、あたしもそれについていく。
線路が反対にあたしのほうに曲がると翔汰がついてきてくれる。

「ずっと手をつないでこうやっていつまでも同じ場所を歩いていけたらいいのにな」
「そうしようぜ。少なくとも気持ちの上ではな」
「気持ちの上では……？」
「そうなるだろ？　華乃にはやりたいこと、あるだろ」
「……わかんない」
「わかんなくねーよ」
「翔汰の側にいたい」
「いるよ。ずっといる」
「うん」
それは気持ちの上のことで、物理的に距離は開いてしまう。

それでも華乃にはやりたいことがあるだろ、とあたしの背中を押せる翔汰はあたしより精神的に強いのか、それともあたしほどの気持ちの強さがないのかどっちなんだろう。
たぶん、いや、絶対に精神的に強いからだ。
翔汰にだって、やりたいことあるんだよね。
心の中じゃもう決まってるんだよね？
あたしは今、強くならなきゃダメなんだ。
「翔汰」
「ん？」
「翔汰だってもうずっと前から決まってたんだよね？　ちょっとお休みしてただけなんだよね」
「華乃」
翔汰はさして驚いた様子もなくて、ちょっと口角を上げて笑っただけだった。
でもずっと一緒にいようよ翔汰。
もうなにがあっても翔汰から離れない。
この枕木を挟んだ二本の線のようにどこまでもどこまでも一緒に歩いて行こうよ。
あたしは翔汰の手をぎゅっと握りしめた。
それを合図に翔汰があたしを自分のほうに引っ張った。
線路から降ろされ抱きしめられると背の高い翔汰に埋まるようになってしまう。
「食ってもいいです、って言ったあの言葉は取り消せねーぞ」
耳元で囁かれる言葉が妖艶《ようえん》で、言い方も声も男っぽくてクラクラする。

そんなのぜんぜんのぞむところです、ってことを言葉にするのが恥ずかしくてあたしは翔汰の腰に抱きついた。
「取り消せねーけどこんな中途半端じゃな……」

そうだよ翔汰。
たぶんあたしのモラトリアムが終わるより、翔汰のそれのほうが早く終わるんだ。

その日、翔汰がお前に渡すものあったんだ、とか言うから一度翔汰の家に帰った。
あれからすごーく時間がたってしまってたみたいで、アパートの前まで来ると翔汰のお母さんがうろうろしてた。
「翔汰っ！　高校生のお嬢様をこんな遅くまで連れまわすなんて!!　お母さんあんたをそういうコに育てた覚えはありませんっ」
「遅くなったのは悪かったよ。時間に気づいた時点で華乃には家に電話入れさせたから」
「お母さんがした電話には出なかったくせにぃー！　だいたい時間に気づくって何！　あんたまさかぁー！」
「あーまだエロいことはしてねーって」
「まだってなにまだってー！」
「もうぎゃーぎゃーうるせーな。昭和女は平成のレンアイに口出すな！」
「平成なんていばってられるのもいまのうちよ！　そのうち平成年代のくせによー、って若者に言われるのよ。お母さんだって若い頃はねぇー――」

あー……。
翔汰ってお母さんの前でもキャラがそのままだな。
そしてお母さんのほうは地がでちゃってるのか最初に会った時からすると軽いキャラ崩壊。
翔汰をぎゃんぎゃん蹴っ飛ばしそうな勢いでお母さんは怒ってる。
その親子喧嘩直後の居心地の悪いあたしを残したまま、翔汰は自分の部屋に何かを取りに戻ってしまった。
華乃ちゃん、翔汰にいろいろ言って聞かせたいけど、このテのことはすごく教育しにくいのよわかるでしょ？
防犯ベルは持たなきゃダメよ、人のいないトコに二人で行っちゃダメよ、翔汰はそういうコじゃないとは思うけど、男だから万が一ってことがあるのよ。
なにかあったらどうしましょう、やっぱりきちんと教えたほうが、と、ずーっとあたしの目の前を行ったり来たりしながら、自分の息子の不安要素を訴えてた。
自分の息子対策であたしに防犯ベルを持たせようとするとこもすごい。
だいたい教えるもなにも高校生の男なんてそのテのことは自分で勝手にベンキョーするよ。
翔汰は脳内が蛍光ピンクで爆発しそうになっても、絶対考えなしに無責任な行動は取らないよ。
大丈夫なんだけどなー。
だいたいさっきは自分で翔汰とあたしを二人にしたんじゃない。
でもさ、こんなにあたしを心配する翔汰のお母さんがそうしたってことは、きっと翔汰はあたしと離れてる間、すごく憔悴《しょうすい》してたのかな。
今となっちゃ、でへへだな。
翔汰が戻ってきて自分の母親を追い払う。
翔汰のお母さんは、遅いのよ、すぐ戻ってきなさい、とかぶちぶち言いながら階段を上っていった。
あたし翔汰のお母さん好きだな。
なんか可愛いんだけど。
「もう翔汰ぁ、もうちょっとお母さんに優しくしようよ」
「女が優しくすればいんだよ。香織が目ぇさましたら優しくするからそれでいんだよ」
「そうか、そうだね。でも翔汰も優しくしなよ。香織さんと翔汰はまた違うよ。お母さん大変なんでしょ」
まだパートは辞めてなくて、香織さんが心配なあまり、結構頻繁《ひんぱん》にドイツと日本を行き来してるって聞いた。
「はいはいそうするよ、はいこれ、ごめんな華乃」
「え？」
こっちに差し出す翔汰の手のひらには、ずっと探してたあたしの携帯が乗ってた。
「翔汰これ……」
「お前おっことしたろ？　俺が空き教室に呼び出した日。ずっと持っててマジで悪かった」
「翔汰が持ってたんだ」
あたしは薄っぺたい自分の携帯をなでた。
「気になって遅くに見に行った時見つけてさ。絢斗とか瞬とか、リョーとか、誰か経由ででも返すことできたんだけどな。なんかこれが俺とお前を唯一、つないでくれてるみたいな気がしてさ。返せなかったわ」
「うん」
「それにさ」
「え？」
「ほらこれさ」
そう言って翔汰はあたしの携帯の横のボタンを押す。
最初のロック画面には、翔汰に肩を抱かれて額の横で敬礼みたいなピースサインをするあたしの満面の笑み。
「俺のことめちゃ避けてるくせに画面このままなんだなって思ったら、お前新しい携帯、買わねーような気がしてた。気がしてた、ってかまあ願望だけどな」
「いっぱい撮ったもんね写真さ」
「だな。さ、行こうぜマジで遅くなったな。親が危ねーからお前をバイクに乗せるなとかうるせーんだよな。俺がバイクの免許取るのとかは反対しなかったくせにさ」
「きっとそれもいろいろ勇気がいったと思うよ。安全運転してよね翔汰」
今日は超超ラッキーなことに萌南のお父さんが出張でいない。
さすがに遅すぎて萌南のお父さんがいたらがっつり怒られてたはずだ。
最初からそうするつもりだったけど、ほんとに今日で、萌南の家に帰る理由はなくなっちゃった。
いままで萌南の家にも受験勉強中の萌南にも、それからうちの親にもたくさんたくさん心配かけた。

これから疑問に思うことはちゃんと翔汰に聞こう。
翔汰は、間違いなくあたしを見てる。
もういつの間にか慣れていた翔汰のバイクの後ろに乗った。
帰る手段がないから仕方ないけど、上がパーカーっていう一見私服みたいなかっこじゃなかったら制服でバイクはかなりやばいです。

実は戻ってきた携帯のさ、未送信ボックスには日記みたいに翔汰に会えなかった辛《つら》かった時間の、あたしの想いが綴《つづ》られてるんだ。
萌南の部屋のあのコのベッドの横の布団の上で夜中打ってたこと、きっと萌南は知ってる。
もう送信することはないけど、自分への戒めのために消すのはやめておこう。

◇◇◇ティンカーベルの罠◇◇◇

翔汰とあたしが喧嘩、というかなにか上手くいってないらしい、ってことはすでに学校中の噂《うわさ》になってしまってたみたい。
そうしてまた翔汰とあたしがもとに戻ったということも、あっという間に全学年に広がった。
サッカー部を離れてからも人気者は人気者だね。
でも、そんなあたしと翔汰の噂が瞬時に掻《か》き消えるようなもう丸特レベルの事件が学校を席巻《せっけん》した。
冬の全国高校サッカー選手権の出場の権利を勝ち取ったうちの高校のサッカー部。
その要であり主力選手の三浦くんが、膝に大怪我を負ったらしい。
連絡を受けて翔汰もサッカー部の子や顧問と一緒にすぐ病院に駆けつけてた。
くわしい怪我の状況はわからないけど、とにかく大怪我ではあるらしい。
もちろん全国大会には出られない。
うちの高校は一番有名なのがサッカーだから、学校中が沈んだ空気になってしまった。

そこに、仲間うちでも特に仲がいい子たちだけに、落胆に追い討ちをかけるような情報が流れてきた。
三浦くんのお母さんがあちこち連絡を取ってこっそり息子を探してるらしい。
どういうことかって、なんと三浦くんは、ほとんど歩けない状態にもかかわらず、病院を抜け出してしまったんだ。
「メールはきたの。まあ慣れてはいるんだけど、さすがに今回はねぇ……。そっとしといてやりたいけど、やっぱり心配で。行ったりはしないから、もし居場所に心当たりがあるようだったら教えてほしい」
と、言ってるらしい。
翔汰も佐久くんも辻倉くんも、心当たりの場所、っていうのを自分なりに探してはみた。
でも三浦くんはどこにもいなかった。

「あいつのこういう突飛な行動は別に今に始まったことじゃねんだよな。親はじめ、みんな慣れてる。へろへろして見えるけど芯《しん》はすげーしっかりしてるから、少し外の空気吸ったら戻ってくると思うんだよな」
翔汰にしても、佐久くんや辻倉くんにしても、思いつく場所、絶対ここに戻ってくるって思う場所は、青葉西の校舎の裏側にあるサッカー専用グラウンドか、もしくはここ、河川敷のサッカーグラウンドらしい。
そのふたつの場所をここ二日、サッカー部のみんなは行ったり来たり。
「そうだよね。今回の大会は残念だよね。高校最後だし」

「うん……つか。あいつほんとサッカーしかなくて。それができねー……って」
今どんな気持ちでいるんだろう、って翔汰はずっと考えてる。
大丈夫なのかな。
この大会が高校の集大成で、三浦くんがそれに出られないのが辛《つら》いっていうのはわかるけど、怪我、治ってからまたサッカーすればいいんだよね？
なんだか翔汰の心配の仕方は尋常じゃない気がする。
あたしに詳しい三浦くんの怪我の状態って教えてくれないんだ。
三浦くんほどの選手になるとそれは部内の守秘義務なのか、単にあたしに心配かけまいとしてるのか。
学校が終わってからみんな探しどおし。
もう夕暮れ時の薄紫の空から紺《こん》が強くなり始めてる。
河川敷のサッカーグラウンドの目の前にあぐらをかいて、翔汰は親指で地面をギリギリ掘っている。
今、佐久くんや辻倉くんは高校のグラウンドにいるか、別の場所を探してるか。
歩けないのに電車に乗ったり、そう遠い場所に一人で行かれるはずもないから、探す範囲は知れている。
病院はタクシーを使えばこの高校まで来られる場所にある。
なのに二日も見つからないことにみんな大丈夫大丈夫、と思いながらもイライラが隠せない。
特に翔汰はもう、不機嫌も消沈も全く隠そうともしない。
国立を目の前にサッカーができない三浦くんと、サッカーができるのにやらない自分。
きっとサッカーがやりたいのにやるのが苦しい矛盾《むじゅん》。
矛盾について考えすぎてる翔汰の表情は、もう般若《はんにゃ》なみのシワが眉間によりっぱなしだ。
三浦くんのことはもちろん心配だけど、自分を責める翔汰を見てるあたしも、胸がかきむしられる気持ちがする。

「瞬、もう……いい加減にしろよ」
あぐらに頭をぐぐーっと垂れた瞬間の、翔汰の無意識の呟《つぶや》きだったと思う。
「ちょっとさー、相談があるってかさー」
「はっ？」
いきなりあたし達の背後から響いたその間延びしたような声に、翔汰がすごい勢いで身体を起こす。
「三浦く……」
振り向いたその場所には三浦くんが両松葉で立ってた。
「お前っ!!　何やってたんだよ!!　どんだけみんな探したと思ってんだよっ!!」
「しょ……翔汰」
両松葉で今にも倒れそうにぐらぐら立ってる三浦くんの前に、翔汰は掴《つか》みかかりそうな勢いで立ち上がったから、もうびっくりしてあたしは思わず声を漏らす。
三浦くんまだあんまり松葉杖に慣れてないんだ。
「あー、やっぱうちの親お前らに言ったんか。ずーっと部活休んでみんなに心配かけまくってるお前に言われたくねーよ」

そうのんびり言って三浦くんは立ち上がった翔汰の隣に腰を下ろした。
翔汰も仕方なく憮然《ぶぜん》と腰を下ろす。
「これさ、お前が使ってくんねー？」
三浦くんはそう言って靴、たぶんサッカーのスパイクを翔汰の前にぽんっと放り投げた。
「ティエンポレジェンド……。相変わらず本革にこだわるよな。最新モデル……だよな？」
「ふんっ。部活休んでたってそういうのはちゃんとチェックしてんじゃん」
「使ってってなんだよ」
「聞いたろ？　俺しばらくサッカーダメなんだよ。そんでもほら、こんな事故起こると思わなかった頃、溜まってた小遣いはたいてそれ買っちゃったんだよね。高校最後の大会じゃん？」
「へぇ」
「その可愛いコを最後のでかい大会に連れてってあげてほしいわけよ。俺が履いてやれないから仕方なく。だってお前っきゃ俺と足のサイズ同じやついねーんだもん」
「いやそんなことねーだろ。たぶん27って相当一般的……」
「他のやつはやっぱ自分の足になじんだスパイクがいいだろ？　喜びも哀しみもともにしてきたスパイクで最後を飾りたいだろ？　その点お前のスパイクはもうカビ生えてるし。そんだったら俺のこの可愛いコを連れてってやってほしいわけよ」

「カビ生えてねーし。つか瞬、そんなこと言ったってさすがにいきなり休部した俺をみんな許してくれねーだろ」
「たいした事情もなく急に辞めたんならみんな許さねーよな。お前キャプテンだったしよー。でもお前の場合、立派にたいした事情だったもんな。半分顧問命令だし」
「そりゃ……俺にとっちゃな。でも」
そこでいきなり三浦くんが両松葉で立ち上がった。
「ごちゃごちゃうるせーな。そんな了見のせまいやつはこの部にはいねーよ。だいたいこんなに部休んでんだからお前がフォワードとして使い物んなるかどうかだってわかんねー。お前がレギュラー争いに負けたら俺のその可愛いコは国立の土は踏めないわけだよ」
そう言って地面に置いてあるスパイクを三浦くんは松葉杖で指し示した。
「瞬……」
立ち上がった翔汰のお尻を三浦くんはその松葉杖で思いっきりバシっと叩《たた》いた。
「いつまで人生のお休みをしてんだよバカ翔汰。おらおら起きろ」
「瞬、お前怪我は」
「俺だってこうやってぴんぴん立ち直ってきたわけよ。お前もいい加減なっげーお休みから立ち直れよ」
「うるせーよ！　泣きましたって顔に書いてあんだよ。お前はガキの頃からそういうことに変にコソコソするやらしーやつなんだよっ」
翔汰が松葉杖で不安定な三浦くんに飛びかかっていった。

案《あん》の定《じょう》三浦くんは簡単に倒れて尻餅《しりもち》をつく。
でも翔汰がケガをした三浦くんの右足に負担がかからない体勢をとってるのがはっきりわかる。
三浦くんは三浦くんで受身が素晴らしく上手い。
「あー!!　バカが二人いるー」
河川敷の上の遊歩道から声がして、ばらばらと黒い影がいくつも駆け下りてくるのがわかる。
たぶんサッカー部の三年が五、六人。
重傷を負ってるはずの三浦くんと翔汰に飛び掛かっていき、その場は土ぼこりが舞い上がる団子状態になった。
しばらくもみくちゃになってたら、今度は反対方向からまた数人の男の子が走り降りてきて、さらに団子が大きくなった。
真っ暗の中、黒い影がいくつも激しく絡まりあいながら動く。
冬に近づいていく河川敷のサッカー場の砂埃《すなぼこり》の匂い。
男の子っていいな、と、少し離れた場所からその光景をじっと見てた。
翔汰が自分の場所に戻っていく。
たぶん香織さんのことで一度サッカーを辞めなければ、翔汰は自分がサッカーを好きだということに、きっと、ずっと気づかなかった。
空を見上げるとくっきりとしたオリオン座が見えた。
ふたご座が見えるのはいつの季節だったかな、と考えてみる。
あたしにはほとんどの人と同じように、健康で生意気な普通の弟しかいないわけで、一緒に生まれてきた双子、もしかしたらその境遇は自分だったかもしれないと思うような人はいない。
翔汰は一歩踏み出してサッカーをまた始める。
苦しみを乗り越えて真実を知った分、きっともっと強く、もっと人を惹《ひ》きつけるサッカーをするんだ。
でも香織さんの意識が戻らない限り、心は本当の意味で晴れることはないんだろうな。
そういう人だって世の中にたくさんいると言ってしまえばそこまでだけど、——あ、戻れ戻れ戻れ！
その時、東の空に流れ星が落ちた。
初めて見たかもしれない流れ星にちゃんと三回お願い事ができたぞ。
この願い事はかなうとなぜだか無責任にも確信してた。

土手の上で、だぼだぼした服を着てる人影がさっきから動かない。
男の子みたいな洋服のシルエットだけど、一瞬風に長い髪が揺れたみたいに見えた。
男の子にしちゃ小柄だしもしかしたら女の子かもしれない。
なんだろ、今日ってなんかの流星群でもあるのかな。
きっとその子も空を見上げてて、なにか願い事をしたのかな、となんとなく思った。

◇◇◇

放課後、翔汰がサッカー部の練習着を着て、裏庭のサッカー専用グラウンドでサッカーをしてるのを窓から見下ろす。
「上手だなあ」
あれでもきっとブランクのある動きなんだろうな、とは思う。
休んでた間の数ヶ月も、後半はリフティングだけはやってたみたいだけど。
もう長い間この学校の放課後風景の定番だろう、専用グラウンドでサッカーする男子生徒たち。
その中に、翔汰がいるというシーンをあたしは初めて見てるわけなのに、すごくしっくりくる。
いままであの中に翔汰がいなかったことがおかしいと思えるくらいしっくりくる。
あと、三十分くらいで終わりかな。
終わるまで待って一緒に帰るんだ。

翔汰が、自分の場所に戻っていった。

うろうろ教室を何往復かして決心を固めると、あたしは制服のポケットから携帯を取り出した。
アドレスからひとつの電話番号を呼び出してかける。
呼びだし音のあとになつかしい、と言えるほど昔に聞いたわけでもない声が鼓膜に届く。
「———ご無《ぶ》沙《さ》汰《た》してます田伏華、です。——そうです。はい。おかげさまでもう耳は完全に大丈夫です。復帰に向けてご相談があります。もちろん許していただければ、なんですが社長が――、そうです。えっ？　はい。いいんですか？　よろしくお願いします。すぐ伺いますのでご連絡お待ちしています」
見下ろしていた裏庭からはもういつの間にか人がいなくなってた。
いつもより終了時間早かったな、もう翔汰戻ってくるかな、と思いながら携帯をポケットにしまった。
「華乃」
「うわっ‼」
いきなり後ろからふわっと抱きしめられた。
翔汰から、いつも使ってるムスク系のボディミストじゃなくて、今日はペパーミントみたいな制汗スプレーの匂いがする。
目の前にくる筋肉の形がはっきりわかる腕を抱きしめながら言った。
「今日終わるの早かったんだね」
「そうだな。なんかみんな疲れがたまってきたみたいでさ。顧問が早く終わりにした」
「そっか」
「電話、ついにしたんだ？」
「聞いてたの？」
「内容までは聞いてないけど、珍しく敬語で喋《しゃべ》ってんな、って。お前が敬語で喋ってかけてる場所は一箇所だろ」
「そうか。そうかもな」
翔汰は、どこまで知ってたのかな。
詳しく話したことはないけど、わけあってあたしが体調を崩し、芸能活動を休止したことは言ったことがある。

◇

高校二年の途中から、有名な雑誌の読者モデルから専属モデルへと抜擢《ばってき》をされたのを機に、あたしは当時通ってた萌南たちと同じ潮東高校から、東京の芸能コースを設けてるH高校へ転校した。
でも身長が161しかなく、もう年齢的にそう伸びそうもないことから事務所は早くから女優への転向を最優先に仕事を組んでくれた。
夜の一時間ドラマ枠の準主役のオーディションを受け、受からなかったけれど端役をもらえた。
収録が始まり、撮影も順調だと思ってた。
歳は同じくらいでも、あたしなんかよりよっぽど名前が売れている子も多く演技も上手く、刺激的な毎日だった。
思えば収録の初日から、やけに監督があたしを見てるような気がした。
あたしと一緒のあるシーンで、オーディションで競《せ》った木《き》本《もと》レイさんが何回もＮＧを出した。
レイさんはあたしが所属するダンスユニット、ティンカーベルトラップのセンターで、ユニット内で男の子に一番人気の子だった。
監督はあたしとレイさんのその会話場面で、役を交代して演技してみろ、と言い、あたし達は指示通り立ち位置を変わった。

その時のロケ現場は公園内の芝生《しばふ》で、なだらかな坂になってた。
あたし達二人の会話をカメラマンさんが高い脚立《きゃたつ》を使って、俯瞰《ふかん》で撮る、というシチュエーション。
たまたま突風が吹き、飛んできたビニール袋かなんかをカメラマンさんが重い機材を片手に反対の手で払いのけた。
バランスを崩した瞬間、足場の悪い場所に組まれていた脚立はひっくり返ったんだ。
上にいたカメラマンさんは機材を守りながら飛び降りて無事だったけれど、ひっくり返った脚立はレイさんの頭を直撃。
レイさんは頭部を五針縫う大怪我をした。
時間がたてばひくけど、その時顔にあざもできた。
傷のまわりの髪の毛も剃《そ》った。
かなりの保障問題になったらしいけど、結局彼女の怪我が落ち着いてからの撮影では、他の役者さんたちのこともあり、スケジュール的に無理だということになった。
監督さんはレイさんを降ろし、あたしをその役に当てた。
あたしはレイさんの代役として、準主役級の役柄を手にした。
頭だということで、精密検査のために二日入院することになったレイさん。
お見舞いに行っても会ってもらえなかった。
もしあの時、監督が役柄を交代しろ、立ち位置を入れ替えろ、と言わなかったら、脚立にぶつかって怪我をしていたのはあたしだった。

監督はあたしを抜擢するにあたり、自信を持て、役柄のイメージからしてどうしてもお前だと思うようになったんだ、と説明した。
逆にその言葉が、あたしを追い詰めることになったと監督は知ってたかな。
じゃあどうしてオーディションであたしを落としたの？
あの事故はあたしを抜擢するために仕組まれたものだとか。
あたしが監督とつき合ってるだとか。
あたしが色仕掛けで監督を篭絡《ろうらく》してあの事故を起こさせただとか、裏では本当にいろいろ言われた。
レイさんの熱烈なファンからのバッシングもいやがらせも容赦ないもので、プライベートの一人の時間、道で石をぶつけられたこともある。
大事にはいたらなかったけど、怖さと衝撃は半端じゃなかった。
監督が現場であたしを見てて、その演技を評価してくれたのだという喜びを、あたしはあの当時素直に受け取ることができなかった。
感情を押し殺したまま、決められてる仕事にだけ集中して、聞きたくない声を遮断しようとするうちに、あたしの耳は本当に聞こえなくなっていった。
原因はストレス性の突発性難聴。
片方の耳は問題なかったから、どうしてもどうしてもはずせない仕事だけをやっとの思いでこなし、あとはキャンセルすることになってしまった。
そしてあたしは事実上、芸能活動を休止した。

レイさんは、頭を縫って顔のあざが消えた、あの事故からたったの二週間の後、ちゃんと仕事に復活していた。
あたしとの精神力の違いを見せつけられた思いだった。

たったこれだけのことで身体に異変をきたすあたしは、芸能界に向いてない。

本当にありがたいことに、事務所の社長は、耳が完治して、またやってみようと思えたら連絡して来い、お前は才能がある、と言ってくれた。
治療の開始が早くて、幸いなことにあたしの耳は完治した。
ティンカーベルトラップが、一部男子の間では人気だったけど、世間的にそれほど知られてはいなかったこと、ドラマの準主役と端役の交代、とは言っても所詮《しょせん》脇役同士のトラブルだったこと、事故が公《おおやけ》にならなかったこと、ひっくるめて言えば、芸能面をにぎわすニュースとして、レイさんもあたしも、それほど世間の関心をひける存在ではなかったことが、今思えば幸いしたんだ。
あたしは抜擢されたドラマでの評価がよく、少し知名度が上がってた。
でも芸能活動中、大きな仕事はそれだけだったわけで、ひっそりと芸能界から姿を消した女優の一人だった。
ティンカーベルトラップはあれからどんどん売れ出し、レイさんは今でもセンターを務めている。
あたしはもう一度そこに戻っていく決意をしてた。
もう一度挑戦してみたいと思うようになってた。

「そうかー」
あたしが電話をかけた場所は昔芸能活動をしてた事務所だと言うと、翔汰はどこか寂《さび》しげな、観念したような声音を出し、あたしを抱きしめる腕に力を入れた。
「やだ？　あたしが芸能活動に戻るの」
「いんや。応援するよ。正直超複雑だけど応援する」
「複雑？」
「複雑だろ自分の彼女がティントラにいるって。恋愛禁止？」
「翔汰知ってたんだね、あたしがティントラのメンバーだったって。恋愛は禁止じゃないよ。みんなここが勝負、みたいなところがあるから彼氏いるとかそういうのは隠してるけどね。彼氏いる子なんていっぱいいたよ」
「俺はこれから忍耐生活だなー」
「ごめんね。戻るならしばらくは公には言えないな。早くそういうのが関係ない女優になりたいよ」
「そうしてくれー」
ふざけて翔汰はあたしの首筋に後ろからぐりぐり頭をなすりつけた。
犬みたいでそれがなんか可愛い。

あたしは幸か不幸か、突発性難聴とその後の軽い鬱《うつ》症状で、以前いた学校をかなり休んでしまった。
だからこっちの学校と合算すると、卒業までの単位数がぎりぎりだった。

事務所と相談し、芸能活動再開は高校卒業後に、という話になった。
卒業まで翔汰と一緒にいられる。
あたしにはかけがえのない時間になる。

◇

あれから、サッカー部に復帰した翔汰の練習が終わるのを待って二人で帰る、という毎日になった。
三浦くんは結局、あれ以来病院を抜け出すこともなくおとなしくしてるらしい。
翔汰と一緒にお見舞いに行くと、いつも夏林ちゃんが三浦くんの病室で勉強してる。
全くいつの間にこういうことになったのやら。
この二人もきっと卒業後の進路が違う。
二人にしてあげるのがいいんだろうな、と思って、そしてあたし達はあたし達で二人の時間が貴重で、しばらくお見舞いは行かないことにした。

佐久くんも辻倉くんもＪリーグに入ることが決まってる。
翔汰は、復帰の試合が最後の試合で、Ｊリーグが決まってるみんなから一歩遅れることになる。
部に復帰した、という話だけでもうすでに大学の推薦の話は来てるらしい。
行き先は東京で、場所としての進路方向は、あたしと同じなんだ。

Ｊリーグに入りたい翔汰にしてみたら大学は遠回りなんだけどね。

学校帰りの寄り道はもう定番になってて、あたしと翔汰は今日は海岸線を走る電車に乗って、海が見える公園に来てる。
今日は朝一から翔汰が、一緒に帰るぞ見せたいもんがあんの、ってあたしの席まで超うきうき顔で言いに来て、その後観察してるとありえないほどのハイテンション。
なにがあったんだか。
翔汰のお母さんとお父さんは一週間前くらいから揃《そろ》ってドイツに行ってる。
翔汰は親のいない家にあたしを呼ぼうとしてた悪い息子なんだけど、それで、あたしも行ってもぜんぜんよいよ、と思ってた悪い娘なんだけど、なにか思うところがあるっぽい翔汰は、踏みとどまってる。
「国立が終わってからにシような華乃ちゃん」
「翔汰、今シような、の“シ”がカタカナになってたんだけど」
「だってバリバリカタカナのつもりなんだもん」
「もーうっ」
海っぺりの堤防にあぐらをかいて座ってる翔汰に掴《つか》みかかっていく。
翔汰は笑いながらバランスを取ってあたしを受け止める。
こうやってただいちゃいちゃしてる時間が果てしなく貴重に思える。

一瞬一瞬がきらきらする透明の宝石みたいに感じるよ。
空はピンクから紺色に変わろうとしてる。
夜間飛行の飛行機がチカリと光ってドイツ方面に飛んでいく。
飛行機を見ると全部が全部、ドイツ方面に飛んでいってるような気がするよ。
「翔汰、なんかあたしに見せたいものがあったんでしょ？　何？　どうしたの？」
翔汰は制服のポケットから携帯を出して操作した。
「もう昨日はマジで泣けたわ」
「ん？」
ドイツにいる翔汰のお母さんからのメールだった。
そこにはお母さんとお父さんの間に挟まれた香織さんが、ベッドの上に身体を起こしてぎこちなく口元をゆがませてる画像が写ってる。
「翔汰これっ……‼」
「一週間くらい前から反射がもっと活発になってきてこれはただの反射じゃないかも、ってうちの親が呼ばれてたんだよ。脳スキャンでも血流に変化があってさ。んで昨日、意識が戻ったって夜中電話がきた」
「…………」
「華乃？」
「すぐ言ってくれればいいのに」
「夜中だったし、俺テンションおかしかったし」
「よかった……。よかったね翔汰」
翔汰の大事な天使が戻ってきた。

翔汰があたしの肩に手をかけて自分のほうに引き寄せる。
「華乃はマジで優しい女だよな」
「あたしのスペックは優しいじゃなくて可愛いなんだけど」
「お前は優しいんだよ。こうやって人のことで泣けるもん」
「それは翔汰の妹で、翔汰の大事な人だからだよ」
「大事なもんが多いのは満ち足りた人生なのかもしんないけど、それだけしんどくなるリスクもあるよなー」
今これだけ明るいニュースがあっても翔汰がしんどい、と感じる理由は、なんだろう。
三浦くんの事故以来ずっと翔汰は沈んでたから、国立にいけない三浦くんの心配？
本人あっけらかんとして見えるけどな。
妹の香織ちゃんが意識を取り戻してもまだ翔汰には心配の種がある。
「俺はいままでの人生で一番でかい心配の種を握ったのかも」
「三浦くんのことだよね？　あ、香織さんも心配だよね。これからきっとリハビリでしょ？　心臓のこともあるしね」
「瞬はまあ平気だろ。あいつは追い詰められても自分で打開策にたどりつくんだよ昔っから」
「そっか、香織さんはまだまだ未知だもんね」
「まあな」
「写真で見ても翔汰が天使だって言うのはよくわかるよ。

生きてるの？　ってくらい真っ白だし。もうお人形だよね。いやけっこう日焼けしてる健康優良児みたいなあたしとはそりゃ、真逆かもね」
「…………」
翔汰が黙った。
あ、もしかしてあたしものすごく言ってることが不謹慎だったとか？
長く患ってる香織さんが真っ白なのは当たり前だし、健康じゃないことが“お人形”って表現につながるような言い方、に聞こえたのかも。
「翔汰ごめん。違うよ。気に障《さわ》ったらごめんって。翔汰だって香織さんのことは天使、って言うでしょ？　それと同じだよ。こう、世俗馴《な》れしちゃってるようなあたしとは違う、って意味ですごく清らかって意味で」
「…………」
翔汰はあたしが必死に弁解してるのに口聞いてくれない。
「翔汰ってばー」
あたしは不安になって、翔汰につめより、あぐらをかいてるその膝に手を置いて揺さぶり、下から覗《のぞ》き込んだ。なんか言ってよ。
「…………」
翔汰は唇を引き結んでてその口角がぎゅっと下がってた。
「ねえってば」
「……他の男に、そういう顔すんなよ」
「そういう顔？」
「すげえ心配してる、ってそういう顔して男の目を覗き込んだり」
「え？」
「あとあれもダメだな。振り向きざまにニコっとするのとか。元気ないね、とか大丈夫だよ、とかそういう相手を気遣うような言動も全部禁止！」
「はぁ？」
この状況で何言ってんの翔汰？
翔汰があぐらをかいたまま、あたしを引き寄せる。
「すげえ不安。お前超可愛いから。そんでこれからプロの手でもっと可愛くなってくんだろ。人生最大の不安なんてお前のことに決まってんじゃんか。別にここまで可愛くなくたっていいのによ……」
「しょ……翔汰……」
「ティンカーベルトラップなんてお前のためのグループ名だよな？　俺は妖精の罠にまんまとかかったわけだろ」
何言っちゃってんの？
「俺はお前の容姿に惚《ほ》れたわけじゃねーのに。寄ってくるやつにいい顔すんなよ？」
「いい顔なんてしないよ」
「いい顔に見えちゃうことも全部禁止！　もう全部全部禁止！　俺の側から離れるのは禁止……にできたら俺、楽なのかな」
そう言った瞬間、もっと強く腕が引かれた。
倒れこんだ翔汰の身体の上で、長いあたしの髪の毛が後ろで半分に掻《か》き分けられてる。
え、何やってんの？　と脳内を疑問符でいっぱいにしてると、首の真後ろに柔らかいものが強く押し当てられ、そこに痛みを感じた。
「しょ…翔汰、なにし……。え？　まさかとは思うけどキスマークとかつけた？」
「つけた」
「え？　え？　なに？　どうしてー？　困るじゃん」
「別に困んねーだろ？　そんなとこ髪の毛で見えねー」
「困るよー。風とか吹いたら見えるかも」
あたしは後ろの髪の毛をベタっと手で首に押しつけるようにした。
「じゃあ見えないようにずっと気にしてろよ。風吹いて、あ、やばい、って思えばそれつけた俺のこと思いだすだろ？　だいたいムカつくんだよ。俺ばっかこれから嫉妬《しっと》して生活してくの」
「えっ……」
ヤキモチ焼いちゃうのはあたしのほうが多いと思ってた。
翔汰はこれからサッカーのスター選手になっていく。
だいたい思い出す必要がないほどいつも考えてるんですが。
「お前のことめちゃくちゃに食いちぎる夢とか見て俺はケモノか！　って思う。あーケモノかもな。お前に会ってから草食から肉食に転向したわ俺」
「…………」
堤防をわたる海風はけっこう強くて、あたしの髪を、余裕で翔汰がさっきつけたキスマークが見えるくらいにはなびかせていく。
あたしは翔汰の隣で、こんなことを涼しい顔して恥ずかしげもなく言ってのける彼氏ってアリですか？　とほてった顔で下向いて考えてた。

でも好きだ。
禁止事項なんてなくたって、あたしは翔汰以外の男の子を好きになることなんてないだろう。

これから先も。ずっと、ずっとずっとずっと。

◇◇◇

高校サッカー部の最高峰を決める大会、全国高等学校サッカー選手権大会、青葉西高校にその一回戦出場の時がきた。

真冬の日差しの中、並んだ先発メンバーの中に、三浦くんのスパイクを履いた翔汰の姿があった。

Ｆｉｎ.

※前作『駅彼』と時系列が同じのため、改築後「新国立競技場」になる予定の国立競技場の名称が「国立」として出てきます。

スペシャルストーリー①

瑠璃《るり》色初恋未満

「瑠璃《るり》、ほら新発売のチョコ買ってきたぞ。このシリーズお前好きだろ？」
「宿題でわかんないとこ？　いいよ説明してやるからこっち持ってこい」
「親父ケーキ買ってきたの？　瑠璃好きなの選べよ」
「瑠璃のお兄ちゃんすごいかっこいいよねー。イケメンの上に運動神経もいいなんてさー。サッカーでしょっちゅう区報に載るよね」
なんていうのが、理想のお兄ちゃん像なんですが。
そんなのは全くの非現実妄想。
うちのお兄ちゃんはまず、小学校低学年レベルの割り算ができない。

「お兄ちゃんっ！　また瑠璃のアイス勝手に食べたでしょ？　お母さーん、またお兄ちゃんがあたしのぶんのアイス食べたー」
「瞬《しゅん》、いいかげんにしなさい！　どうしてあんたはそう計算のできない子なの？　アイスが四つあってそれを二人でわけたら一人いくつずつ？」
「早いほうが四つ」
「…………」
「…………」
お兄ちゃんのいない子はとかく兄という存在に憧れを抱くものらしいけど、現実はこんなもんだ。
理想前例にあげた新発売チョコ買ってきてくれるだの宿題教えてくれるだの、それはあたしの願望で全くの事実無根。

でもイケメンとかサッカーですごい選手なんでしょ、とかは、実際に友達にしょっちゅう言われる。
実態は妹のぶんまでアイス全部食べちゃう兄だとは誰も知らない。
それでも悲しいかな、妹のサガなのかあたしは小さい頃からお兄ちゃんが大好きだった。
「瑠璃麦茶持ってこーい」
「はーい」
「ハサミ持ってこーい」
「はーい」
「テレビのリモコン探せー」
「はーい」
あたしはパシリですか、ってくらい、お兄ちゃんに妹が使われる、というのが三浦家での日常だった。
まあごくたまに、あたしの誕生日とかには小遣いで漫画全巻大人買い（自分も読みたい少年漫画、そして巻数の少ないやつ）してきてくれる。
夏休みの最後に宿題が溜《た》まって悶絶《もんぜつ》して倒れてると、数学だけはやっといてくれたりする。こともある。
昔から邪険にされても鬱陶《うっとう》しがられてもあたしはお兄ちゃんの後をついてまわってた。
物心ついた頃には、お兄ちゃんの友達が来た時は、しっかり一緒に遊んでたりした。
あたしがたぶん小学校の三年、お兄ちゃんが六年くらいの頃、お兄ちゃん以上にかっこいいなーと思うお兄ちゃんの友達の存在が気になりだした。

五、六人から多い時で十人くらい来る中で、その男の子は抜群に背が高くて、なんというか小学校低学年女子から見て、おとなびていたんだ。
みんなと一緒にバカ騒ぎしてても一人どこか大人だな、と感じてた。
まとう空気がお兄ちゃんより五歳上。
まあたぶんうちのお兄ちゃんは標準より三歳下。
今思うとあれがあたしの初恋予備軍だったのかもしれないなーなんて思うわけだ。
彼の名前は駒形《こまがた》翔《しょう》汰《た》。
とにかく彼は大人で、お兄ちゃんが知らないこともいっぱい知ってたんだろうと思う。

「瞬ほんとはお前意味わかってねーだろ？」

とか言われてるのを聞いたことがある。
たぶんお兄ちゃんたちが小学校の六年。
受験用だったんだと思うけど、うちから直接塾に行く誰かが電子辞書を持ってた。
そこで、翔汰くんが発音の検証だとか言い出して、英語の「６」とか「靴下」とかだったかな……他にもいろいろ引きだした。
シックス。ソックス。
辞書に発音させてそれを比べて、何がおかしいのか男の子のほとんどがゲラゲラ大笑いしてた。
あたしも意味がわかんなかったけど、たぶん一緒に笑ってたお兄ちゃんも意味はわかってなかったと思う。
そんな中でちゃんと意味を把握して友達の興味をうまく誘導して、それで楽しませてる翔汰くんのリーダーシップみたいなものを、ほんとにかっこいいと思ってた。
だからたぶん尊敬から入っていった憧れだったんだと思う。
好きなことはびっくりするほど要領よくこなすけど、嫌いなことはきれいによけて通るお兄ちゃんの、まわりからはみ出すほどのマイペースっぷりを日常的に見てるだけに、翔汰くんの抜群の統率力はあたしを魅了した。
みんなの興味を先回りしてぐいぐい引っ張っていく翔汰くん。
だけど例えばあの、シックスだのソックスだのの発音検証で沸いてたあの日、一人になると、ふーっと静まり返るように雰囲気が変わるのをあたしは見てしまった。
みんなが帰った後、あたしはお母さんと二人でコンビニに行った。
明日の遠足のおやつでどうしても追加したくなったものがあったんだ。
そこに翔汰くんがいた。
手にはアイスを二つ持ってた。
今から思うとそれは女の子が好きなキャラクターとのコラボ商品だった。
そうだ、翔汰くんにも妹がいるってお兄ちゃんから聞いた事がある。
一度商品を手に取ってからもあれこれ楽しそうにアイスを選んでた翔汰くんだけど、一瞬手が止まったと思ったら、すごく沈んだ翳《かげ》りのある表情になった。
まるで、自分が楽しんでいる、ということに罪悪感を感じてるような暗い表情だった。
結局、彼は最初に手に取った可愛いコラボ商品を二つ買っていった。

「うちのお兄ちゃんみたいに妹のぶんまでアイス食べちゃうんじゃなくて、おみやげにアイス買ってるじゃん」
もう衝撃だった。

中学に入ってお兄ちゃんはジュニアユースがさらに忙しくなり、部活でサッカーをやることになった翔汰くんも忙しくなり、うちに来る回数は激減した。
でも翔汰くんのことはやっぱりすごいと思ってたし、会えなくてもどこか彼はあたしの中で特別だった。
あたしが中学に入った年、翔汰くんがお兄ちゃんと同じ高校に進んだと聞いてすごく嬉《うれ》しかった。
お兄ちゃんはいろいろもめた末、高校からはユースじゃなくて、強豪高校の部活でサッカーをやることになったんだ。
つまり翔汰くんとチームメイトになる。
お兄ちゃんと翔汰くんがつながってることが嬉しかった。
それしかあたしと翔汰くんのつながりってないからさ。

◇

「瑠璃、部活決めた？」

「んー。運動苦手だしなー」
「お兄ちゃんはすごいのにねー」
って本当によく言われる。
運動部の顧問の先生なんかほんとか嘘《うそ》か、あたしのスポーツテストの時、見に来たとか誰か言ってた。
残念だね。
三浦家では運動神経は全部兄が持っていきました。
体育館でやってた部活案内で、吹奏楽部が短い曲をみんなで一曲吹いてから、楽器の紹介をしてた。
クラリネット。
オーボエ。
ホルン。
サックス。
「こ・れ・だ！」
もうずいぶん前だけど翔汰くんがうちに来てみんなを沸かせてた、“ックス”ってつく楽器だ。
靴下とか六、なんておかしいもん。
翔汰くんはきっとこのサックスに深い思い入れがあって、あの時みんなでこれをネタに笑ってたんだ。
あれ以来そういうことはなかったんだけどさ。
そもそもなにがそんなにおかしいのかいまだにわからないけど、とにかく靴下と六、よりはまともだ。
子供英語みたいなのを一時期習ってたあたしでも、意味を知らない“ックス”がその検証の中にはあって、それが一番翔汰くんたちを沸かせてた。
英語教室で靴下と六は習ったから辞書のネイティブな発音

でもわかったけど、サックスは習ってないもんね。
発音なんて忘れちゃったけど、こんな感じではあったと思う。
あたしは吹奏楽部に入ってサックスを担当することになった。
なんだか翔汰くんにちょっとだけ近づけたような気がする。
基本中学で練習して帰るんだけど、たまに持って帰って楽器の手入れをしたり、指使いだけでも練習したりすることがあった。

中学に入ってから一番最初にサックスを持って帰る日、ケースに入れて結構な大きさになる楽器を肩からしょってよろよろ歩いてた。
「よー瑠璃。お前吹奏楽部とか入ったんだって？」
近所に住んでるヨクだった。
「まあね」
「それなんて楽器？」
「サックス」
そこでヨクは、あからさまにぎょっ！　って顔をした。
「なによヨク」
「そりゃやべーってセックスセックスセックスー」
ぎゃははーと笑ってる。
「違うよセックスじゃなくてサックスだよ」
そこでまたヨクがぎょっ！　って顔をした。
「お前、女でその正式名称を口にするやついねえぞ。つーかお前、中一でそういうこと知らねーって化石級だな」

「え？」
「お前の楽器のセックス超やべー」
「だから違うってばサックスだよ。翔汰くんがきっと思い入れがある楽器なんだよー。あのかっこいい翔汰くんがさー」
「けっ！　またそいつかよ。瞬兄と同じ高一なんだろ。そんでセックスに思い入れがあるってマジであぶねーからなそいつ」
「いやだからサックスだってば。それに思い入れがあったのはもう三年くらい前で翔汰くんが小学生の時……」
「ひえー！　小学生で思い入れだって。ますますあぶねーあぶねーあぶねーあぶねー」
とヨクはゲラゲラ笑いながら行ってしまった。
「ふんっガキ！　翔汰くんはあんたみたいなガキとは違うもーん！　大人なんだもーん！」
と、拳《こぶし》を振り上げて走っていくヨクの後ろ姿に怒りをぶちまけた。
「いや似たようなもんだろ」
「あれっ？　朱樹《あき》いたんだ？」
ふり返るとそこには、やっぱり近所に住んでる朱樹と洋平があきれた顔して立ってた。

そのほんの数週間後、あたしは昔憧れてたお兄ちゃんの部屋で聞いた「六」とか「靴下」の発音検証の意味を知った。
……あの頃の翔汰くんのレベルは今のヨクと同じでした。
すみませんね認めます。

翔汰くんに憧れて選んでしまったこの楽器、どうしよう。
まさか名前にちなんで選んだ楽器だなんて絶対に言えなくなってしまった。

でも、やっぱり翔汰くんはかっこいい。
お兄ちゃんの友達の小学生の中にいても充分大人っぽかった。
でも中学生になり高校生になってからは、さらに、友達と一緒にいてもどこか集団とは別の場所にいるような、年齢に見合わない達観した雰囲気が強くなってた。
お兄ちゃんやお兄ちゃんの友達と同じようにバカ笑いだってするし、学校の廊下で鬼ごっことか傘《かさ》で野球とかしてるのだって見たことあるのに、どうしてそう感じるのかな。
一度、なんかの時にお兄ちゃんに聞いたことがある。
そしたらお兄ちゃんは
「あいつは抱えてるもんの大きさが人とは圧倒的に違う。ガキの頃からさ」
って言ってた。
一見、年相応に見えるその笑顔の内側には、何があるんだろう。
笑顔の奥を覗《のぞ》く人になるには三つ、という歳の差は圧倒的だった。
中学生と高校生という隔たりは高い高い壁だったんだ。
ただ、翔汰くんが笑顔の内側を、ちゃんと見せられる人ができるといいな、と思ってた。
中学の頃からおそらくすごくモテたと思う。

彼女なのかどうかはわからないけど、女の子と二人でいるところにだって何度か遭遇したことがある。
でもやっぱりその笑顔の内側にある、なにか“抱えるもの”にその女の子たちが触れているようには見えなかった。

そうこうしているうちにあたしは中学三年になった。
あたしが中学三年、翔汰くんは高校三年。
お兄ちゃんと高校と部活が一緒だから、たまにその姿を見かけることはあったし、何度かうちにも来た。
小学校でも充分かっこよかったけど、高校生になった翔汰くんは、ちょっと人が振り返るような強いオーラを持った男の子になってた。
ゴーイングマイウェイっていう言葉の中から生まれてきたようなお兄ちゃんとは、ほとんど正反対、みたいな俺が俺が！　と前に出る姿勢をとる。
それでも翔汰くんのまわりに揉《も》め事はない、あいつはマジですげえな、とお兄ちゃんが言ってるのも聞いたことがある。
全国レベルのサッカー部の、絶対的なキャプテンだった。
お兄ちゃんが高校三年になってすぐのある一時期、急にお兄ちゃんの話題の中から翔汰くんが消えたことがあった。
特に口数が多いお兄ちゃんではなかったけど、やっぱりそれはすごく不自然で、どうしたの、って聞いてみたことがある。

部活を辞めた、とだけぽつんと間を空けてお兄ちゃんは言った。
翔汰くんの話をするのが、辛《つら》そうだった。
ほんとにそれは短い間の一時期だけで、翔汰くんの話を聞くことはまたできるようになったんだけどね。

翔汰くんはあたしの中で、上手く説明ができないけど、恋まで一段届かない存在なんだ。
三つの歳の差が一番の理由。
あたしにとってはこの一段がものすごく高くて、憧れどまりの、でも絶対に幸せでいてほしい人だった。

◇

中学三年の夏休み、受験の息抜きのために、あたしは男女の友達八人で県営のさざなみジャンボプールに行った。
午前中はずっとみんなで波のプールやスライダーをやってて、午後から流れるプールにいった。
そこで、女の子と二人でいる翔汰くんを見たんだ。
二人は浮き輪もエアマットもない状態で、ただプールの中を歩いてた。
それだけでまわりから浮き上がるほど、目立ってた。
美男美女、っていうのはこういうことを言うんだな、っていう、まるでお手本みたいなカップル。
そうは言ってもカップルなのかどうかもわからないほど、いちゃいちゃしてない。
五十センチ間隔を開けて二人ならんでただ歩いてた。

身長の高い翔汰くんは歩くのが苦にならない水かさだったと思うけど、女の子のほうはぴょんぴょん飛びながら水を掻《か》き分けるように歩いてた。
それでも翔汰くんは手を貸すようなことはなくて、女の子がボートやマットにぶつかりそうになると、そっちを止めて、その子に当たらないようにしてた。

「瑠璃どうしたの？」
一緒に来てた梨花子《りかこ》があたしとあたしの視線の先を交互に見る。
「うわ。超かっこよくない？　あの人」
「うん……」
「女の子、なんかどっかで見たことない？」
「え？」
「ドラマに出てた子と似てる。なんて名前だったかなー」
「似てるだけでしょ」
「そうかなー、えっと……」
「違うって。ドラマに出てる子がこんな人の多いとこでデートなんかしないでしょ」
「だよねぇ」
一生懸命思い出そうとしてる梨花子の言葉をはぐらかしながら、あたしも、見たことがあるかも、って記憶を手繰《たぐ》り寄せてる。
思い出せないけど、梨花子が言うようにドラマに出てたような気もする。
そんな、部活を辞めた翔汰くんが、芸能人とつき合ってるなんて……。
流れるプールは、回流がつくる波のせいにしてまわりのカップルはここぞとばかりにいちゃいちゃしてる。
なのにあの二人は全くくっつく様子がない。
つき合ってる、のかなぁ。
とてもそうは見えないけど、つき合ってないのにこんなプールに二人でこないよね。
グループで来ててたまたま二人になったとか？
でも、翔汰くんはあたしの見たことのない顔をしてた。
ゲラゲラ笑ってるわけじゃない。
どっちかっていうといつものクールな表情なのに、身体全体から楽しくて楽しくて仕方ない、って気持ちがにじみ出てるような気がした。
そんなの子供の頃から何年も、彼を見てきたあたしじゃなきゃわからないほど些細《ささい》な違いだとは思うけど。

不思議なほど胸の痛みはなかった。

あの人が、翔汰くんの胸の内側にある“抱えてるもの”を一緒に背負う人なのかな。
あたしも、たぶんあたしのまわりにも、まだなんにも抱えてるものがない人が多いけど、きっと人と人って、それぞれが抱えてる荷物と荷物を足しても単純計算した重さにはならないんじゃないのかな。
なんてね。
なーんにもわからない中学生のあたしが、いままでとは何かが違う翔汰くんの表情を眺めながら思った。
暑い日ざしに時折吹きぬける緩い夏の風。
一瞬強くなるカルキの匂い。
プールがつくる波に揺れる人の波。
その狭間に見え隠れしながら遠ざかる翔汰くんの何かを脱ぎ捨てたような無防備な横顔が、綺麗すぎて心に刺さる。

バイバイあたしの長い長い初恋予備軍。
いつかあたしも誰かの荷物を一緒に背負える人になれますように……。

Fin.

スペシャルストーリー②

東京DATE

「試合が近いからゆっくり休めよー」
そう言って顧問の松原《まつばら》は、日曜日の練習を午前中で切り上げた。
いままでの俺はキャプテンという役回りもあって、率先してこういうとこは律儀に守るいい子ちゃんだった。
部員にも顧問の言ったことはどんな小さいことでも従うように促してきた。

なのにだ。

半年以上も休んだ俺をまた部員として迎えてくれたチームメイトにはマジで感謝してる。
やつらに手を振って家の最寄り駅で電車から降りると、俺は猛ダッシュで階段を駆け下りる。
家までの道も猛ダッシュ。
帰ると昨日の残りの飯とハンバーグをレンジでチンして即攻食べる。
シャワーを浴び、長袖《ながそで》Tシャツとジーンズに着替え、上から最近買った短い丈のキャメルのダッフルコートを羽織る。
リュックを背負うとまた駅まで猛ダッシュ。
ゆっくり休めよ、の顧問命令ド無視に全く罪悪感を抱かないあたり、自分が瞬になった気がする。
それでもこれが見つかると、俺だけの処分じゃすまないと判断して、部に復帰してからは泣く泣くバイクは封印した。
「めっちゃのろくせえー」
遠出するのに、いちいち関係ない駅で止まる電車は、バイク使って行きたい場所に一直線！　に慣れた俺にとって、今日みたいに急いでる時は特に、苦行かよ、と毒づきたくなるくらいイライラする。
そんでも不思議だな、と思う。
もうバイクは持ってたはずなのに、なぜか、ローカル線の車内で一緒になってなりゆきで華乃《はなの》と一緒にプールに行くことになったあの日、俺はバイクじゃなくて電車で行くことをなんの躊躇《ためら》いもなく選んでた。
つか、あの日に限ってバイクって選択肢が頭になかった。
たぶんあの一日で俺の気持ちは百パーセントあいつに持ってかれてた。
でもあの日、俺がバイクで市民プールに一直線に行ってて、車内で華乃に出会わなかったとしても、俺とあいつはあの一日に似た日をどこかで共有した気がする。
そんで俺はやっぱりがっつりあいつに惚《ほ》れた気がする。

一時間近く電車に乗って新橋につくと、乗り換えて表参道まで行く。
サッカー以外のプライベートで東京に来たのは初めてだった。
「つか、ここは一応日本か？」
やだなー田舎《いなか》くせぇ、とわれながらがっくりくる思考。
テレビで見たことあるじゃん。
去年来た、そんで今年もこれから来る予定の国立競技場だってかなり近いんじゃん。
往復四車線プラス側道駐車スペースで、実際は六車線くらいある広い道路の真ん中には植物を使ったなんかしゃれた中央分離帯。
紅葉して鮮やかな黄色に染まった大木の枝が、両側から均等にせり出す巨大並木道だった。
これがもうすぐ全部ライトアップされるんだってさー。
俺ら地方にも、日本屈指のライトアップはあって、そりゃもう圧巻なんだけど、こう、洗練されてる、って意味だと負けると思う。
ライトアップ自体は負けないかもだけど、その他いろいろひっくるめ、洗練、ってとこだけに焦点を絞るとこっちだな。
並木道の外側の歩道脇には、ずらーっとガラス貼りのブランド店が軒を連ねてて、競うように華やかなディスプレイをしてる。
町並み自体が外国っぽくて垢抜けてんだよ。
なんでこんなとこに顧問命令を破ってまで来てるのか、って、華乃の事務所がここにあって、今日華乃がここにいるからだ。
午前中から事務所に挨拶《あいさつ》して、卒業後のこと話し合うんだって。
これから放課後、こっちに通うとかいうことんなったらちょっとやだな、と正直思う。
妹の香織《かおり》がドイツで意識が戻ってからはさらに、もう心配事はこのひらひらした俺の妖精一点集中だ。
（微妙に瞬の怪我。あいつはパターンとしてだいたい平気）

国立が終わったら、もう大学も推薦で決まった俺は時間ができる。
卒業後は、方向性の定まった俺も華乃もそれぞれ忙しくなって、今ほどゆるゆる一緒にいられない。
一度戦線離脱してる俺も華乃も、同期生に大きく遅れを取ってるもんな。
青葉西はほんと凄《すご》いサッカー強豪高校で、Ｊリーグの要になりそうなやつがいっぱい。
俺は希望としちゃ大学に四年通うつもりはないんだよ、早くプロ契約したいんだよ、と、こないだまでの完全後ろ向き姿勢から百八十度転向してる自分が不思議だった。
つーか、この状況で大学のスポーツ推薦が取れたことがまず奇跡的。
でもなーと、ブランド店のウインドウに飾ってある高そうな服を見ながら思う。
ここが華乃の東京での本拠地になるのか。
なんでよりによってこんなとこに事務所が？　って思うよ。
華やかすぎるな。
誘惑多そうなとこが超気に食わねー。

◇

「翔汰《しょうた》ー」
手を振りながら華乃が俺に近づいて来る。
あーあ、ほんと可愛いな。
自分の彼女が可愛いって、一般的には自慢で嬉《うれ》しいことなのかもしんないけど、それだけ常に誘惑にさらされてるわけで、俺的にはそれを心配するほうが疲れんだけど。
華乃の事務所の近くからラインで連絡したら、もう終わるからすぐ行ける、って返事が即攻返ってきた。
超ラッキー。
華乃の事務所での用事が何時までかわかんなくて取りあえず急いだけど、こんなブランド店ばっかで、なんか買うとか値段的に無理そうな町で、どうやって時間つぶそうかな、って考えてたから助かった。
大通りからわき道に入ったところにある事務所の指定された裏口で待ってたら、華乃が軽い足取りで出て来た。
「ほんとに来たんだ。もうびっくりするじゃん」
「んー、せっかく俺が半日休みだったしな」
「半日休み、は身体を休めろ、ってことなんじゃないの？　こんな遠くまで来てよかったの？」
「戦線復帰したら華乃に会うことが俺の休息」
「そんなこと言うと今日は奢《おご》り！　にしたいけど、あたしもお小遣いがなぁ」
「二年後にはお前は大女優、俺はサッカー選手、でセレブな二人になろうぜ。お互いサングラスは必須だな」
「二年で？　早くない？　翔汰まだ大学生じゃん」
「四年も通うつもりはねーよ」
「だーね」
「どうだったよ。事務所？」
「うーんまぁまぁかなー」
首をひねって口をへの字に曲げながら思案顔になるから、

こりゃあんままぁまぁじゃねーな、と思ったところで狭い裏口から、でかいいかにもなサングラスをかけた女が一人出てきた。
こいつ、えーと、と考えながらとっさに華乃を振り向くと、無意識に俺の後ろに隠れるような動作をした。
やっぱそうだ、こいつは木本レイ。
現ティンカーベルトラップのセンターで、華乃と衝突し、華乃が芸能界から去るきっかけになった女だ。
いろいろこいつにも葛藤《かっとう》はあったんだろうな、と思う。
俺のサッカーと同じで、芸能界だってふだん仲がいいチームメイトでも、水面下では食うか食われるかの戦いをしてるような世界なんだろうなと思うから。
女王のようなオーラが身体全体から発散されてる絵に描いたような芸能人。
こんなのに目ぇつけられちゃ俺の子猫な華乃は、震え上がるぜ。
つか華乃、こいつと問題おこしてよく同じティントラでやってこうと思うよな。
子猫なくせに意外と決心固めると心臓はつえーかも華乃って。

「あの、木本レイさんですよね？　ティントラの」
俺は木本レイに近づいて行って話しかけた。
「え？　違いま」
そこで俺をサングラス越しに見上げる眉間にはっきり寄ってた迷惑そうなシワが、しゅわーっと広がってなくなった。

「違いますか？」
「ああ、ええ……そう」
「翔汰、なにし──」
俺の腕に手をかける華乃を制して木本レイに向かい合う。
「田伏華乃のいとこの田伏翔汰です。東京でのこいつの身元引受人というか、兄代行というか。まあ俺も最近までアメリカにいたんで華乃ともずっと会ってなかったんですけどね」
「田伏さんのお身内？」
「そうです。また近県から出てきましたが、わかんないことだらけなので、どうぞよろしくお願いします。木本さんリーダーだし、テレビでよく拝見してますけど、すごくしっかりしてるから、華乃、ティントラに安心してまかせられます」
木本レイの一度はその顔面から去った眉間のシワがかすかにだけど戻ってきて、でも一応戸惑った笑顔は見せた。
「ええ、あの、それは、あの、もちろん、尽力します」
昔の華乃とこいつの確執は知らないふりしてるけど、上手くいってんのかな。
笑顔が曖昧《あいまい》。
でも最初の完全不機嫌オーラは消えている。
「よろしくお願いします」
星が飛ぶような笑顔を目標に可愛く小首をかしげて木本レイを覗《のぞ》き込んでみる。
「あの、大丈夫です」
今度ははにかんだ笑みが戻ってくる。

心なしかちょっと赤くもなってる気がする。
成功？　木本レイは俺たちに優雅に会釈《えしゃく》するとそこを立ち去った。
「なにあれ。田伏翔汰だって。いつあたしんとこに嫁にきたのよ」
「俺可愛かったろ？　あいつ年上だよな？　悩殺してみたんだけどどーよ？」
「ちっとも可愛くなかった」
せっかく俺が頼み込んでやったのに華乃がむくれた。
「なんで怒んだよ？　だってあいつ敵に回すと怖そうじゃん。つか一度敵にまわしちゃってんだろ？　修復だよ」
「もうー。そんなの翔汰が心配しなくたって平気だよー。あんなことされると、心配だよー」
「なんで？　彼氏とか別に言ってねーじゃん。つか見られたから弁解もかねてだよ。彼氏だと思われるとやべーんだろ？」
「そうだけど。レイさんが翔汰に目ぇつけて紹介しろ、とか言ってきたらやだし。そしたらあたし、彼氏ですって言っちゃいそうだもん……」
ぷいっと横を向く華乃は完全に男心が動くツボってものを押さえてる。
これは天然か計算か。
計算をめぐらす相手は俺限定にしてくれ、と思う。
自由気ままで可愛くて、パタパタ飛び回ってるイメージの華乃。
俺にとってはまさに現代のティンカーベル。

そんなのはイメージだけで、つき合ったのは驚くことに俺が最初ってのがほんとのとこなんだけど、見ててもマジで計算なのか天然なのか、と思う場面は学校生活の中で結構あるんだよ。
他の男がこの小悪魔妖精にがんがん篭絡《ろうらく》されてくところが簡単に想像できて、俺はちょっと不愉快になる。
「なんだよせっかく。ふんっ」
俺もわざわざ声出して横向く。
「翔汰？」
俺に対してだって計算なんかじゃないんだろうし、世間一般の誘ってる動作とは違うのかもだけど、もう俺はいちいち華乃の言動に、そのしぐさに、胸ん中がひっかきまわされてる。
「もう翔汰ってばっ!!　すぐ意味不明にむくれる駄々っ子なんだからー」
俺の腕に手をかけて自分のほうにむかせようとする。
華乃から見て意味不明にむくれてる時は、たいてい自分でも意味不明に萌《も》えてる時だ。
「駄々っ子とはなんだ」
「ありがと翔汰。心配してくれたんだよね。でも大丈夫だよ。ここの事務所で上手く友達関係築けなくても、あたしには青葉西でできた友達、由香も美羽もいるし、前の潮東の萌南も真由もいるし」
「だな」
「翔汰がいるもんっ」
もう完敗だよなーこいつって。

「ほんとお前はめっちゃ可愛いな」
「あたしのが心配だってばー」
「心配？　なんで？」
「翔汰、頭の中の言葉をもうちょっと、言ってもいい言葉かどうか吟味《ぎんみ》して使ってよ。だだ漏れしないでよ。他の子にもめっちゃ可愛い、とか言ってるのかと思うと彼女としてそりゃ心配でしょ」
「いや、言ってねーだろ」
そんなことを女に言ってる自覚はないけどな。
「言ってるってー。最初にあたしに会った時だって、翔汰めっちゃ可愛い、って言ったんだよ？　まだ他人っていうかほぼ初対面だよ？　あたし超びっくりしたもん」
「だっけ？」
「だよ」
「んーよく覚えてねえ」
「だいたいやっぱ妬《や》けちゃうなー。翔汰にはあたしとそっくりな妹がいるじゃん？　あたしにめっちゃ可愛い、って言うからには香織さんにもそう言ってるのかと思うとさー」
「えー、言わねーなー。そんなこと」
「なんでよ。そっくりなんでしょ？」
「まあ似てるけど。つか妹じゃん」
「妹だけどさ」
確かに香織は客観的に見て可愛いと思う。
人にお前の妹めちゃ可愛い、とか言われれば、そうだなと思うし、そいつがちゃらんぽらんな男だと、こんなやつに香織近づけないようにしないと、と心配はする。
でもなんだろ。
香織を可愛いと思う気持ちと、それにそっくりの華乃を可愛いと思う気持ちの決定的な違い。
香織には俺を異性として惹《ひ》きつけるものがなにもない。
兄妹《きょうだい》なんだからあったら問題だろうけど。
香織に対してはただの客観的な“可愛い”で、それは言ってみればひらぺったい二次元の“可愛い”だ。
可愛い、はい終わり、の感じ。
それに比べて華乃に対して思う“可愛い”は、めちゃ奥の深い三次元。
可愛いと思うその先に、あれしたいこれしたい、あわよくばこんなこともあんなことも、……みたいな、……って変態か俺は。
でもそんなことして嫌われたらと思うと、それはそれですごく怖くて簡単には手がだせない。
俺をかつてないほど悩ませる複雑極まりない“可愛い”だ。
たぶんこういう“可愛い”を感じる相手に俺はそんなに出会ってない。
つか、ここまで強烈にそう思えないと、なかなか出てこない言葉だよな。
華乃が心配してるみたいに誰にでもぽんぽん言ってたかって聞かれると、全く覚えがねーもんな。
たぶんそこまで可愛いと感じる相手がいなかったんだろうな。
俺、最初っからこいつに惚《ほ》れてたんじゃねーの？

さざなみジャンボプールに行ったあの日、もう百パーセント気持ちは持っていかれた、って思ってたけど、その下敷きはすでに初対面の時に用意されてたのかもしんねー、と今さら考える。
外見だけじゃなく、なんていうか、言動からにじみ出る心――、俺とシンクロする部分。
華乃の何かが俺を強烈に呼んだ。
確かにそうだった。
それが俺が華乃をここまで可愛いと感じるゆえんにもなってる。
「翔汰っ!!」
「ああ、うん。なんかいろいろ脳内分析しちゃったよ」
「何を？」
「華乃がさー、俺が誰にでも可愛いとか言ってる、みたいな名誉《めいよ》毀損《きそん》なこと言うじゃん」
「おおげさだねー」
「いやそれ不敬罪だからな？　俺に対する」
「だって実際初対面でそう言われたんだもん。あたしに対してなんの感情もなかった時でしょ？」
「それをいろいろ考えてた。わっかんねーなーって。俺今まで、女に可愛いなんて言った覚えがないもん」
「嘘《うそ》つけ」
「考えてみたけどマジで覚えがない。結論、俺はすでにあの時お前に惚れてた」
「…………」
「なんだよ華乃」

「翔汰のそういうのって、天然ですか計算ですか？」
なんだよそれ、ってちょっと笑えたよ。
男が女に対して計算すんの？
ああするかもな。
あの真夏のプールの後、華乃を俺のもんにしたいと考え始めた頃は計算してたかもな。
バイクに取りあえず乗せてみるか、とかさ。
「つき合ってからは天然だな」
唇尖《とが》り気味だった華乃がやっと、ふわーっと笑顔になる。
「もう負けるよ。翔汰可愛くて萌える！」
華乃がいきなり俺の胸に飛び込んできて胴体に抱きついてきた。
表参道から横道横道に入った人通りのない場所とはいえ、こりゃ俺のほうが萌えるだろ。
「俺のスペックは可愛いじゃなくてかっこいい、だろ」
「可愛いであってるもんっ。あたしの前でだけ翔汰のスペックは変わるんだよ」
「お前に可愛いって言われてもあんま嬉《うれ》しくねえなー」
ぎゅっとその細っこい身体を抱きしめながら空を仰ぐ。
すがすがしい秋晴れだな。
スタートの遅い東京デートだったから、もう夕方も近くなっちゃってるけどさ。
華乃がちょっと俺から離れて俺の顔を覗き込む。
「どうする？　ここまで来たから下見に行く？　国立」
「いいよ行かねー。今日は俺はサッカーを忘れる。華乃は芸能人を忘れる。そんで二人で普通のデートをする」

「そっか。ちょっと見たかったのはあるけど、あたしは見に行くからな。翔汰の試合。だからさ」
そこで華乃がいたずらっこみたいに笑った。
「だからなに？」
「やったー‼　デートだデート！　こんな遠くにデートに来たの初めてだもん。どこ行く？　いやまずこのへんか。バリバリデートスポットなんだよ」
「つかここは年齢層高くね？　物価がすでに日本じゃねーんだけど」
さっき見たガラス張りのカフェの外のボードに出てた飲みもんの値段が、ぜんぜん日本じゃなかった。
俺らの街にもその付近にも観光用値段設定の場所はあるけどな。
「ここじゃなくてちょっと歩くと年齢層下がるよ」
「そうなの？」
「そうそう原宿とかさ」
「原宿ね。みやげ買っちゃいそうだな」
「バレるよ。今日、身体休めるために練習半日だったんでしょ？」
「おー買わないように気をつけなけりゃーだな」
「やーだ翔汰ってば」
それから俺よりだいぶこのへんに詳しい華乃に連れられて原宿の駅のほうに向かって曲がって小道を入ったら、確かに年齢層ががくっと下がった。
高校生定番のファーストフードも多くて食べ物の値段もがくっと下がった。

そのかわりありえねーほど人が増えた。
道が狭いからひしめき合うくらいの人間が！
「今日はなんかの祭りか？」
「お休みの日はこんなもんだよ」
人が多いのをいいことに華乃と俺は迷子にならないようにくっつきまくって、道の両側の店をひやかしてまわった。
これは食べる決まりになってる！　と華乃が主張するクレープも食べた。
同じデザインの皮ひもブレスを買ったり、ありえない数のプリクラ機が並んでる店でプリクラも撮った。
洋服も、俺にも華乃にも縁がなさそうなコスプレチックなのも売ってて、そういうのを見て歩くのも面白かった。
こういういかにもなデートって考えてみるとあんまりなかったかもな。
周りに人がいようがいまいが華乃と一緒にうろうろしてるのは超楽しい。
その通りをまっすぐ進むともう原宿駅だった。
近くにスポーツ用品店があったからそこを最後に覗いていくことになった。
「わりに短かったなあの通り」
「ねえ翔汰」
「ん？」
練習用のシャツ買うかな、とか考えながら、棚に置いてある白のシャツをしゅるしゅる触ってみてる俺に横から華乃が声をかけた。
「あのさ」

「ん？」
「やっぱ行きたいな国立。乗換あるけどさ、ここから十分くらいで行けるよ。たぶん最寄の駅からは歩くけど」

◇

俺と華乃は国立競技場の外側にきた。
秋の日暮れは早くてすでにあたりは暗かった。
「大きいね。こんな大きいとこで翔汰サッカーするんだね」
スタジアムを見上げながら、興奮と放心の中間くらいの表情で華乃が言うのは、高校最後のサッカー選手権のことだ。
華乃が、女子が好きそうな東京名所ばっかりじゃなくて、ここに来たい、と言ってくれたことが、俺には素直に嬉しかった。
再びサッカーを自分でやってることがまだどこかで信じられない。
その反面、サッカーをやらずにいられたことも信じられない。
再開してみて初めて、ああ俺はサッカーが好きだったんだ、と実感できた。
長い迷路から俺を導き出したのは間違いなく華乃だ。
華乃を好きになったことで、ほんと自分でもびっくりするくらい今まで俺を覆っていた殻が一つ一つはがされていく。
香織を助けなくちゃ、と思う使命感。
得点しなくちゃ、アピールしなくちゃ、とチームの勝利よりも自分の活躍を誇示する俺自身への嫌悪感。
その隣でしがらみなくめちゃ楽しんでサッカーをやってる親友、瞬への羨望《せんぼう》の醜《みにく》さ。
華乃をバイクで連れまわし、橋の上でキスしたあの瞬間、ばらばらと殻が取れてむき出しにされた無防備な俺という人間が、ゼロからスタートを切ったような気がした。
俺がサッカー部に戻る時、翔汰は本来いるべき場所に戻るんだね、って華乃は言った。
確かにそうなのかもしれない。
だけど、戻っていった俺は前の俺とは違うんだよ。
殻をばりばりひん剥《む》かれた俺は、不思議なことに前よりずっとサッカーが好きだ。
自信を持って好きだと断言できる。
香織の金の心配がなくなったせいってのもあるのかもしれないけど、もうがむしゃらに得点することや、技術をアピールする必要のない、純然とチームの勝利を一番に考えるサッカーがこんなに楽しいものだってのを知った。
そういうことの元になってる感情は、華乃に、電車で俺が抱きついてグーでパンチされた時に空いた穴から身体に入ってきた。

気づけば木の根元にしゃがみこんで、俺に背を向けなんかやってる華乃を見ながら思う。
お前だって苦しいけど、自分がこうありたい、って道に戻っていったんだよな。

俺はその手伝いができたのかな。

「華乃なにやってんだよ」
「えへへ記念だよ記念」
「は？」
見ると華乃は木の根元付近にバッグから出したシャーペンの先で、ハートマークの中に俺の名前と自分の名前を並べて彫ってた。
「ずーっとここにあるでしょ。この名前。翔汰が国立に来た時あたし達、つき合ってたよ、つき合い始めたばっかりで超ラブラブだよ、って。きっと翔汰、大学行っても何回もここで試合するよね？　思い出してよね。最初の東京デート」
「えーそれってどうかな」
「え、思い出さないの？　記念にならない？　また二人で見に来ようよ」
「つか、もしかしてその木は数年後にはない、かもな」
「え！　なんで？」
「ここ、取り壊し案があるから。改築だよ」
「えっ‼」
そこで一瞬華乃は自分で今彫った二人の名前のほうに視線を落とし、泣きそうな顔になった。
たぶんだけど新しいスタジアムが建つとしたら数年後。
今から六年とか七年とか、少なくともそんな感じ。

「これなくなっちゃうの？　彫らなきゃよかった」

「あと何年かは残るよ」
俺がそう言っても華乃は顔をあげなかった。
「華乃」
「やだな」
「え？」
「改築でひっくり返されて、この木なくなるのやだな。なくなるなら彫らなきゃよかったよ」
「だから——」
「なんか翔汰とあたしまでひっくり返されそうじゃん。ただでさえ、卒業したらどうなるのかわかんないのに」
「どうにもなんねーよバカだな」
俺は華乃の頭を自分の胸に引き寄せた。
この思考回路が可愛んだけど。
「あと数年はここにあるよ。その後五年とか六年とか工事じゃん。でもさ」
そこで華乃をもっと引き寄せ、耳もとに唇を近づける。
「え？」
「工事が終わったら一緒に来よう。まわりにまた木ぐらい植えるだろ。今度は一緒に彫ろう。名前さ」
「翔汰……」
華乃が俺の背に手をまわす。

何年たっても離さねーよ。
六年後とか七年後、ここに新しいスタジアムが出来る頃、ハートマークの中は今ほど窮屈《きゅうくつ》に二つの名前がきっちり並んでるわけじゃなくなってるかもよ。

苗字は一つになってるかもよ。
なんちゃってな。

今は見えもしない考えられもしない俺の未来と華乃の未来。
だけどあの日の線路のように、きっと二本の線は離れることなんかきっとない。

Fin.

◇＊◆＊◇＊◆あとがき◇＊◆＊◇＊◆

はじめましての方、こんにちはの方、くらゆいあゆです。
『駅恋　Tinker Bell』をお手に取って頂き本当に嬉《うれ》しいです。ありがとうございます。
信じられないことにこの本、五冊目です。
編集部担当さんに、「ゆゆゆ、ゆっくり文字数気にしないでラブレター（あとがき）が書きたいんですっ!!」（きりり！）
「いいですよ」（快諾《かいだく》）
チキンなわりにごちゃごちゃ担当さんや編集してくれる方に、やりたいことお願いしてる、こうるさい書き手でごめんなさい。

というわけで、あとがきページ増やしてもらいました。
やったー。
あとがき原稿、私にとっては至福《しふく》なのです。
そしていろいろお礼も言いたかったのです。
ファンレターを下さった方、本当にありがとう。
（一定期間に編集部に来たものがまとめて私のところに郵送されてくるシステムですたぶん。そしてお話を書いている時は一点集中なので返事が遅いです。ごめんなさい）

さてさてお話についてなんですが、今回、私がこれを書きたい！　と思ったこと、たぶんあんまりない関係じゃないかな、と思うんです。

“言葉から始まらないおつき合い！”
なにかこれに凄《すご》く憧《あこが》れたりしたんですよね。
でも実際難しいですよね？
「つき合ってください」
「はい」
の意思確認から始まるのが交際ってものですから普通。
でもでも以心伝心で、言葉なしの交際スタートをさせてみたかったんですよね。
あ、若い読者さんはほんとほんと気をつけてね。
そういうことにつけ込む男の子怖いから！
危ないから！
やっぱり意思確認してほしい。（私は超怖がり）

そして今回、一番書きたかったのは“リベンジ”ですね。
これは私、よくあることなんですが、今回の華乃《はなの》は前回のお話で振られちゃってます。
『駅恋　Sweet blue』終了後にすぐ書き始めたくなったのがこの華乃の恋愛でした。
（ビミョーなすれ違い方を『駅恋　Sweet blue』の巻末短編で翔汰《しょうた》と華乃はしてるのですが、あまりにビミョーすぎてほとんど自己満足ですね）
判官《ほうがん》びいきに似ている感情で、華乃ちゃん、その恋はあなたにとって待っていたものではないんだよ、と言ってあげたくなったのです。
学生を終え、結婚して恋愛の前線から身をひいた私ですが、自分を振り返っても友達の恋愛を思い出してみても、（女子だから恋バナはしたのさ。友達の恋愛遍歴にはその旦那《だんな》さんより詳しいのさ。女子って怖いよね）振られた経験のない子っていたのかな、と思うくらい希少です。
あ、絶望しないでね。これから恋愛最前線に入る子は、その「希少」に入ることもできるから。
でもね、もし振られてしまったら、「その恋は待っていたものとは違うんだよ」と言ってあげたかったのです。
※参考文献くらゆい日記（小学生からつけてる私の日記）
ちなみに中学の一時期、今となっちゃ、もうめっちゃ参考にしたい部分がない。
失恋で破ったから！
あんなに辛《つら》かったのに、それを参考文献として使おうとするとこまで克服できたなんて私えらい！

そうそう小学生の一部分もくらゆい日記はないんですよ。
それは失恋じゃなくてね、中学生くらいかな、机の整理をしてて出てきたその日記をなにげなく読んで、自分でぎょ！　っとしたから。
なんと、五、六人いるエア友達に手紙を出す、という形式で書かれてたから。（全部似顔絵つきキャラがある）
ここここ、こんなものを親が見たらうちの子は頭がどうかしたんじゃ……と思われると思って、二秒後にはビリビリにして完全廃棄《はいき》しました。
いやーそれもきっと成長だねえ

せっかくあとがきページを増やしてもらったのに、どうもぐだぐだでした。
これから、もしももしも失恋してもリベンジがあるぞ！
と書きたかったのです。

既刊『駅彼』では三浦《みうら》くんと夏林《かりん》。『駅恋　Sweet blue』では萌南《もなみ》と陸《りく》。それぞれ思いっきり青春してるので、もしよろしかったら覗《のぞ》いてみてね。

最後にこの本の制作・販売に携《たずさ》わってくださった全ての方に感謝申し上げます。

2014年　初夏
フレーバーティー（フルーツ蜂蜜漬け）を飲みながら。

くらゆいあゆ

★この作品はフィクションです。実在の人物・団体・事件などにはいっさい関係ありません。

ピンキー文庫公式サイト

pinkybunko.shueisha.co.jp

著者・くらゆいあゆのページ
（E★エブリスタ）

★ ファンレターのあて先 ★

〒101-8050　東京都千代田区一ツ橋2-5-10
集英社 ピンキー文庫編集部 気付
くらゆいあゆ先生

ピンキー文庫

駅恋 Tinker Bell
—終わらない、好き。—

2014年7月30日　第1刷発行

著　者　くらゆいあゆ

発行者　鈴木晴彦

発行所　株式会社集英社
〒101-8050　東京都千代田区一ツ橋2-5-10
電話 03-3230-6255（編集部）
03-3230-6393（販売部）
03-3230-6080（読者係）

印刷所　図書印刷株式会社

★定価はカバーに表示してあります

ISBN 978-4-08-660121-4 C0193